U0579811

ALEJANDRA PIZARNIK

皮扎尼克：最后的天真

[阿根廷] 塞萨尔·艾拉——著
汪天艾 / 李佳钟——译

漓江出版社·桂林

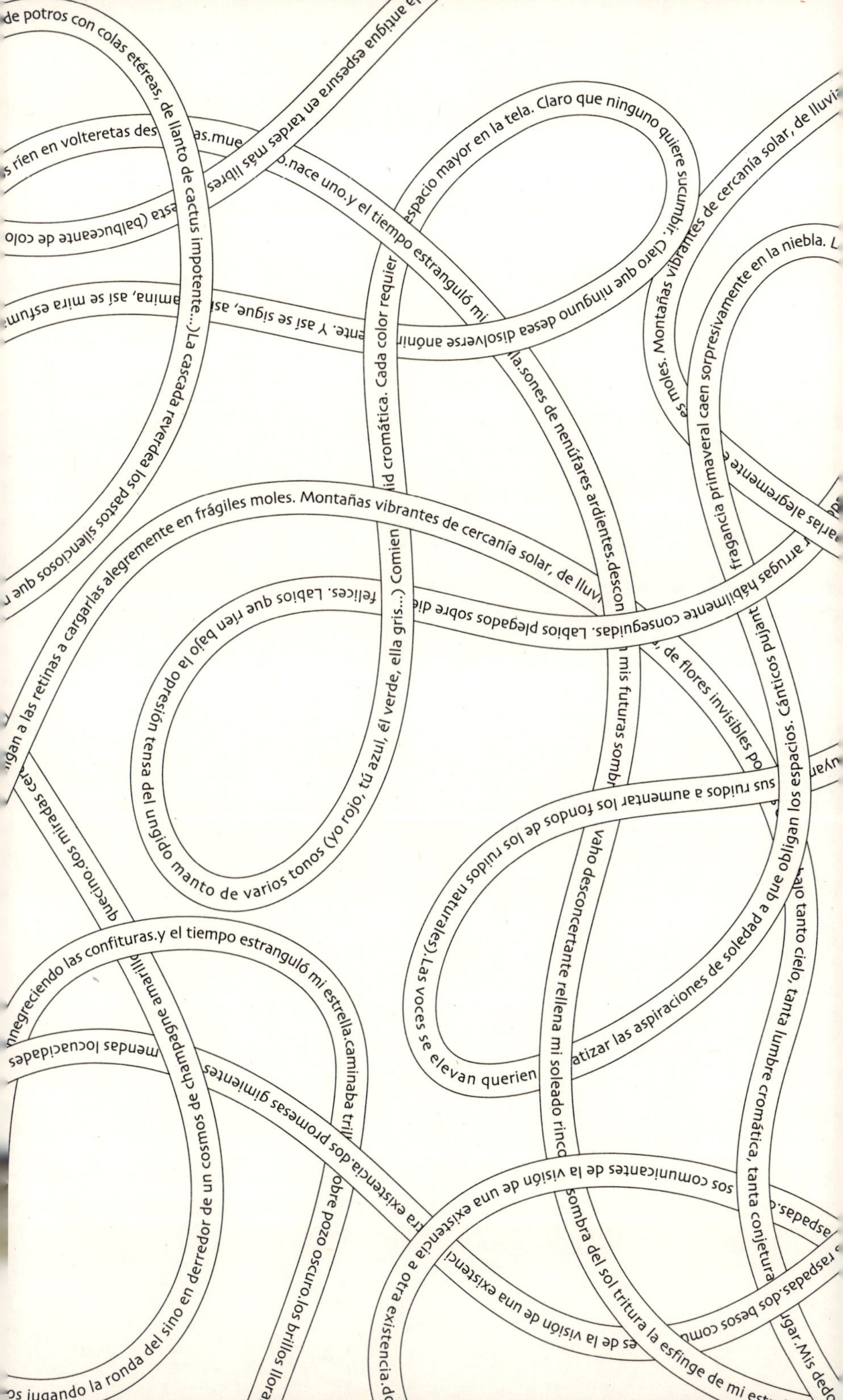
de potros con colas etéreas, de llanto de cactus impotente...)La cascada reverdea los pastos silenciosos que r
s ríen en volteretas des...as.mue
esta (balbuceante de colo
la antigua espesura en tardes más libres
...o.nace uno.y el tiempo estranguló mi ...lla.sones de nenúfares ardientes.descon
espacio mayor en la tela. Claro que ninguno quiere sucumbir. Claro que ninguno desea disolverse anónim...ente. Y así se sigue, así... amina, así se mira esfum
Cada color requier...vid cromática. Comien
...es moles. Montañas vibrantes de cercanía solar, de lluvi
fragancia primaveral caen sorpresivamente en la niebla. L
...arlas alegremente e
...gan a las retinas a cargarlas alegremente en frágiles moles. Montañas vibrantes de cercanía solar, de lluvi
...arrugas hábilmente conseguidas. Labios plegados sobre die... felices. Labios que ríen bajo la opresión tensa del ungido manto de varios tonos (yo rojo, tú azul, él verde, ella gris...) Comien
...mis futuras sombr... vaho desconcertante rellena mi soleado rinco... sombra del sol tritura la esfinge de mi estr
de flores invisibles po
Cánticos pujant
...sus ruidos a aumentar los fondos de los ruidos naturales).Las voces se elevan querien...atizar las aspiraciones de soledad a que obligan los espacios.
bajo tanto cielo, tanta lumbre cromática, tanta conjetura
quecino.dos miradas ce
negreciendo las confituras.y el tiempo estranguló mi estrella.caminaba tri...obre pozo oscuro.los brillos llora
...mendas locuacidades
...os jugando la ronda del sino en derredor de un cosmos de champagne amarillo
...tra existencia.dos promesas gimientes
sos comunicantes de la visión de una existencia a otra existencia.d
...es de la visión de una existenci
...raspadas.dos besos com... gar.Mis dedo
...espacios.

canía solar, de lluvia inaudita, de flores invisibles po
Y así se sigue, así se cami
s de crear bajo tanto cielo, tanta lu
nte en la niebla. Los espacios espesan las notas. Labios cerrad
y yo miraba y yo mi
mis verdores.
el tiempo estranguló mi e
las suelas maduras en rocas distintas.Tal vez
ones de nenúfares ardientes.
gota gima deseando la antigua espesura en tardes más
omessas se coagulan.frente
tierra vestida de brillo.
Labios plegados sobre dientes felices. Labios que ríen bajo
por arrugas hábilmente conseguidas.
ea los pastos silenciosos que nutren la negra pelambre
e elevan queriendo matizar las aspiraciones de soledad a
mi estrella.pero su esencia existi
cobriza, de potros con colas etéreas, de llanto de cactus impotente...)La cascada re
bajo tanto cielo, tanta lumbre cromática, tanta conjetura
edad a que obligan los espacios. Cánticos pujant
estranguladas.y el tiempo estran
espacio mayor en la tela. Claro que ninguno quiere sucumbir. Claro que ninguno desea disolverse
e del sol tritura la esfinge de mi estrella.
esencia existirá.en mi intemporal
brilla esencia de mi estrella.¡Mil pasos arra
ente en la niebla. Los espacios espesa

目录

皮扎尼克

[塞萨尔·艾拉]

阿莱杭德娜·皮扎尼克出生时的名字是芙洛拉，她是俄裔犹太移民的女儿。1936年4月29日，皮扎尼克出生在比邻布宜诺斯艾利斯的城市阿韦利亚内达。她的父母在两年前从一座名为罗夫诺[1]的俄国城市（曾属于波兰）来到阿根廷，途中在巴黎停留了数月——她父亲有一位兄弟旅居在此。皮扎尼克的父亲名叫埃利亚斯·波扎尼克，姓氏的改变要归咎于那个时代移民局官员在登记时犯下的常见错误。抵达阿根廷的时候，埃利亚斯27岁，一个西班牙语单词都不会说，比他小一岁的妻子赖兹拉·布罗米克尔也是如此。在阿根廷，赖兹拉的名字变成了罗莎。选择举家迁往阿根廷恐怕是罗莎的主意，因为她有一个姐妹此前已经移民阿根廷，就住在阿韦利亚内达。在阿根廷落脚后不久，这对夫妇的第一个孩子米里亚姆就出生了，20个月之后，第二个孩子芙洛拉诞生。在这一双女儿之后，家里再没有其他的孩子。埃利亚斯从事

[1] 该城市目前属于乌克兰。

上门推销珠宝的工作，不多时就升至更为体面的职位。一家人在阿韦利亚内达一座舒适的房子里一直居住到1953年，两姊妹在这里念完了小学和中学。一家人融入得很快，夫妻二人在家说意第绪语，但两个孩子并没有刻意去学；无论如何，后来我们的诗人令人称奇的言语方式很可能源自这样的家庭环境。波扎尼克和布罗米克尔家族的所有其他人——除了父亲在巴黎的兄弟和母亲在阿韦利亚内达的姐妹——都在大屠杀[1]中遇难。对于还是小女孩的皮扎尼克，这定然意味着过早地与死亡之效应遭遇。除此之外，她的犹太人血统并没有留下其他重要的印迹。虽然在上公立学校的同时，她课后也去犹太人学校，但那所学校完全是裴斯泰洛齐[2]式的，与宗教无关——皮扎尼克的父亲是个自由派，两个孩子非常彻底地融入了市郊的中产阶级氛围当中。

高中毕业后，皮扎尼克进入布宜诺斯艾利斯大学哲学系读书，同时也在新闻学院上课。在新闻学院现代文学的教室中，她遇见了第一位人生导师，时年35岁的胡安·哈科沃·巴哈利亚。这段友情（一度有过超越友谊的亲密）将皮扎尼克引入了布宜诺斯艾利斯的知识文化圈。除了欣赏巴哈利亚在诗歌和文学批评方面的才华，他这位年轻的门徒也仰慕他广交朋友、乐于交际的性格，还有他丰富的人际关系，并且总能在书籍和理论方面得到最新的信息。在此后的8年——也就是从18岁到26岁的这段时光里，皮扎尼克全部的生活就是阅读，写作，以及与文学和造型艺术圈

[1] 这里指纳粹对犹太人的大屠杀。

[2] 19世纪瑞士著名的民主主义教育家，他的教育思想对近代初等教育的发展有重大影响。

往来（主要是文学圈）。她的活动中心是位于比亚蒙特街的文哲系以及街上的咖啡馆和书店。上课只是个借口：她似乎一场考试也没参加。有一段时间，她作为学生参加了巴特勒·普朗纳斯[1]的工作坊，但这应该仅仅是她的社交生活的某种延伸——当然她的确断断续续地继续画画，在此后的10年里还有过展出。一如所有将会吸引皮扎尼克注意力的人和事，巴特勒·普朗纳斯是一位超现实主义画家。他的作品呈现出鬼影般的画面，有一点唐吉[2]、阿尔普[3]或者米罗[4]的感觉。皮扎尼克对此类绘画的兴趣显然源自她充满隐喻的想象力；唯一的旁逸斜出是一种叫做素人艺术[5]的绘画形式，在当时的阿根廷，这是一个蓬勃发展的画派。皮扎尼克很可能是在巴特勒·普朗纳斯的画室里结识了戈麦斯·埃拉苏里斯姐妹中的一位，她们拥有一家专门经营展出素人艺术的画廊，名为“那个工坊”，不少诗人和艺术家都时常在此聚会。这种由非画家完成的画作确实拥有超现实主义者喜爱的那些不切实际的勾线，更重要的是，这最为适合皮扎尼克——从儿时起，她对于绘画纯粹玩票，从来没有很长性的投入。超现实主义和质朴画风的交织也体现在激发她灵感的几位画家身上，比如雷米迪奥斯·瓦

---

[1] 胡安·巴特勒·普朗纳斯，西班牙裔阿根廷画家，属于超现实主义画派，晚年转向新浪漫主义。他的作品采用一种非具象风格，充满各种象征。

[2] 伊夫·唐吉，法国超现实主义画家，风格类似达利。

[3] 让·阿尔普，德裔法国雕塑家、画家和诗人。他在1916年参与达达主义运动，一战后又与超现实主义者和表现主义者有着广泛的交往。阿尔普主张艺术的完全自由，注重内在情感的表达。

[4] 胡安·米罗，西班牙画家、雕塑家、陶艺家、版画家，超现实主义的代表人物。是和毕加索、达利齐名的20世纪超现实主义绘画大师之一。

[5] 也称为质朴艺术、朴素派或朴素艺术。指未经过正式训练的艺术家所创作的艺术。

罗[1]，还有今天已为人所遗忘的阿根廷女画家莱昂诺·瓦塞纳[2]。“海关收税员”卢梭[3]始终是她的挚爱，她人生行将结束的时期，这位画家的意象强势回归到她的诗歌中。皮扎尼克在新闻学院的学习没有留下更多的趣闻轶事，不过她倒是曾经领了记者证去采访过1955年的马德普拉塔电影节。至于毕业后去当哲学或者文学老师，皮扎尼克从来没有过这方面的念头。随着时间的推移，她逐渐开始操心如何取得经济独立（其实她这辈子都没能做到），不过也从来没有真的去找工作或者为此有所准备。她的父母在这方面倒是没什么意见，或者至少是不介意。这种经济上依赖家庭的情况，自然而然地使得皮扎尼克哪怕在成为著名诗人之后依旧同时呈现出一种家养的人格。当然，此时此刻，她还只是一个满怀烦恼、心绪复杂的女孩，少女时代无限延长，她继续因为自己的丑陋、个子矮、口吃、肥胖、青春痘、适应大学生活、哮喘等等问题心烦意乱。她还需要等待。考虑到这一切，她的父亲不仅没有拒绝继续在经济上供养她、让她不必工作（这在当时的中产阶级并不罕见，尤其是对于女儿），而且还出资印制了她的第一本书（可能还有此后的两本），支付她的绘画课费用、去看精神分析师的费用，更不必说，后来还送她去欧洲游学。

至此，皮扎尼克日后称之为“阿莱杭德娜人格”的特质开始

[1] 西班牙超现实主义画家、作家和平面艺术家。她是第一批在马德里圣费尔南多皇家艺术学院学习的女性之一。1941年，居住在巴黎的她因为纳粹的到来流亡到了墨西哥。

[2] 阿根廷画家。她曾为包括卡尔维诺在内多位作家绘制作品封面。

[3] 亨利·卢梭，法国后印象派画家，以纯真、原始的风格著称。他曾经是一名海关的收税员，也是自学成才的天才画家，其作品具有极高的艺术水准。

展露出来。这一人格能够运转的关键是青春，直到皮扎尼克离世，这都是她最本质的特点。她在各种随性自发的行为上一点一点完善着这一人格，完善着以诗歌为由的一切——这里的“诗歌”是一个广义的隐喻。我们没有理由去怀疑这里存在任何不切实际的矫饰。生活之艰辛是千真万确的，但是她的这个人格恰恰在此时干预进来，模拟真实的人格，为她真实的人格辩护。

以诗歌为志业的想法应该也是在同一场精神动荡中诞生或者变得笃定的。名人传记式的榜样从书页里走出来，在她身上变为现实。如同幻术，能让她活下去的唯一条件是成为伟大的诗人，她相信自己一定能做到（她从未严肃地怀疑过这一点，事实很快也给了她印证），这样绝对的信念缘自她始终是个真正的少女。青春让这一切成为可能，让这一切变得永远可能。30岁的时候她还和20岁时一样难以独立生活。她将这样的信仰置于自己人格的中心地带，从远处维持着它，同时始终将它保持在中心，再生长出其余一切。

在这一人格中，心照不宣的秘密是她服用大量药物：她从十几岁就开始服用安非他明来减肥，当时这种药并非处方药，可以自由售卖；止痛药总是吃得很猛，用来缓解背部和腰部的疼痛；为了对付失眠还会吃安眠药，药量也是不断递增。她的失眠定然千真万确（尽管她总是有点疾病幻想），这直接导致了她对夜晚的执迷情结。没人不喜欢被称为“暗夜诗人”，她更非例外，毕竟她最喜欢的那些诗人都属此类。对父母（或者说对父母所象征的资产阶级）的青春反叛正始于重获夜间活动的自由。改变作息并没有什么值得责备的；许多人都是这样，可能是出于实用性的目的，或者只是遵从自己的生物钟。将夜游同失眠联系起来，是为了保持其吸引人的特质（或者，是为了保持她的吸引力），即使这要付出健康和平静作为代价。女同性恋活动，以及其他一些习惯和倾向，都与这样的构建相吻合。

这不完全是因与果，我们回头来看，会发现一个十分完整和谐的复杂综合体，每个元素都落进恰好的位置，如同一个讲述得很完备的故事；但是，当时当刻，在其发展过程中，一定有许多的错乱不安。最后完工的一凿，也是最刻意为之的举动，就是改名。在当今这个时代，“芙洛拉”比“阿莱杭德娜”更让人觉得富于想象且悦耳动听，“阿莱杭德娜”这个名字逐渐被庸俗化了（萨巴托[1]精妙绝伦的描写让这个名字很难翻身了[2]）。但是在皮扎尼克改名的时代，“阿莱杭德娜”听起来颇具异域特色，而“芙洛拉”太像犹太女士的名字了，何况她的母亲还叫“罗莎”[3]。无论如何，重要的是改变名字，这种改变是逐步进行的，她一开始用的名字是“芙洛拉·阿莱杭德娜”（第一本诗集就是这样署名的），后来就直接叫“阿莱杭德娜”了，而且，她拒绝再承认第一本书。这其中有种孩子气。

在书籍的选择方面，皮扎尼克素来挑剔而敏感。经过最初的浏览，她总能找出最能代表她、最能给她灵感的，或者，归根结底，

[1] 埃内斯托·萨巴托，阿根廷作家，塞万提斯文学奖得主，著有《隧道》《英雄与坟墓》和《毁灭者亚巴顿》等。

[2] 萨巴托作品《英雄与坟墓》中的女主角就叫阿莱杭德娜，其命运悲惨坎坷。

[3] “罗莎”意为玫瑰，而“芙洛拉”则是花神的名字。

是书中的精髓最能为她所用的——这种明目张胆的借用又是另一个她从未丧失的青春特质。对不喜欢的作品，她会直接厌恶地扔开。她从来不为消遣而阅读，除了屈指可数非写书评不可的几次，她也从来不为尽义务而阅读。她对长篇小说没什么耐心，大多数时候，比起长度，她更在意烈度。

在个人经历方面，那个时期皮扎尼克的社交属性广为人知。这有点超出人们的预期。考虑到她的性格，最顺理成章的需求应该是孤独，或者至少是某种程度的与世隔绝。无论如何，还是可以说（恐怕也有人这样说过），在日程密集的社会生活之中，她始终保留着一个秘密的、不可侵犯的空间。（考据者们总是对她有太多成见。）她的社交生活确实生龙活虎，她与布宜诺斯艾利斯文学圈的所有人日夜往来，无一例外。她的社交面极为详尽完善。哪怕是没有出现在传记或者口述史中的人物，也存在于她的通讯录里。这样的交往是双向的：一开始，是皮扎尼克初来乍到，想要踏进自己所阅读的这些作家在现实生活中的圈子；后来，则是那些作家在现实生活中想要走进皮扎尼克这个初来乍到者的圈子——她半是真性情，半是人格面具，而这个人格有着过分详尽的人物设定，以至于近乎不像真的。正如绝大多数真正优秀的作家，皮扎尼克在她所到之处总是中心，其余的人围绕着她。她自我认同的那个人格的举手投足都涌动着引人入胜的矛盾之处：它由各种秘密的特质组成，因为私密，所以珍贵；与此同时，既然这个人格创造出来就是为了呈现于众，从本质上说，它又是公开的。这样的辩证统一沉淀下来就形成了诗歌的自白性。皮扎尼克娴熟地操纵着这一技艺，滋养着所有人日渐增长的渴望，他们都想抵达她之所是的中心。

但凡皮扎尼克没有跻身那个圈子的中心，我们都可以说她当时当刻的选择是个失误，毕竟，与所谓的“主流”文学比起来，这样的写作显得边缘化，或者说不合时宜。事实上，她的整个创作生涯都在逆潮流而上，突破并超越极限。20世纪50年代中叶，在阿根廷的文学场域中出现了一种萨特式的介入政治的文学，主要以《轮廓》杂志为舞台。受到贝隆主义倒台的鼓舞，一些作家对更为进步的政党活动满怀希望；在这方面，民众主义是很令人沮丧的。皮扎尼克对政治素来抱有一种坚定不移的厌恶，她和家人当年如果留在欧洲恐是难逃法西斯主义的毒害，这个事实给了她厌恶政治的理由。这一点不是什么大问题，因为从1955年到1972年，她整个的写作生涯在文化领域基本都是去政治化的。在她看来，文学只有一种责任，那就是对其自身的品质负责。1968年之后，当政治潮流卷土重来时，许多皮扎尼克热爱的作家也开始参与其中，她却觉得这是一桩荒唐事，对此没什么兴趣。1968年10月，奥克塔维奥·帕斯给她寄去一首关于特拉特洛尔科大屠杀[1]的诗，请她在阿根廷文化圈内扩散传播；虽然她对帕斯有着迷信般的敬仰，却什么都没有做，原因很简单，就是那首诗写得不好，这个理由对她而言就足够了。

皮扎尼克选择投身其中的诗歌图景从一开始就日暮西山。尽

---

[1] 在1968年10月2日下午至晚上，在墨西哥城特拉特洛尔科的三种文化广场，墨西哥政府对学生、平民抗议者以及围观的无辜群众进行了屠杀。遇难人数众说纷纭，从三十到一千多不等。

管这个圈子人才济济，颇为活跃，却有一种行将就木的感觉。被称为“40年一代”的声音依然在回响，上一代先锋诗人日渐衰落，在忧伤、校正与无意义的氛围中，摆弄着新浪漫主义和新古典主义的变位。人们总体的倾向是一种“纯诗”，也就是说只关乎诗歌的诗。这场诗歌运动以出版于1950年和1960年之间的《布宜诺斯艾利斯诗歌》杂志为核心展开，经由新先锋主义立场的美化，却因为青黄不接没成气候。皮扎尼克就是在此找到了自己最初的位置。她所在的诗歌群体和诗歌运动与这本杂志同名。他们也被称为“发明主义者”，但是发明主义其实开始得更早，有自己的特点（巴哈利亚是最初的核心成员）。当然，所有的定义和分类都取决于动机，而这两个群体创作的动机几乎是可以互换的。唯一记录在案、并值得被记住的发明主义者是埃德加·贝利[1]。

《布宜诺斯艾利斯诗歌》的创办者和主编是劳尔·古斯塔沃·阿吉雷[2]，可敬的诗人（勤勉有余，天分平平），谦逊，迷人，他是那种天使般的存在，最后成为一个大圈子的核心，因为没有人对他有任何坏话可说。他是公职人员（管理储蓄银行的图书馆），毕生都对诗歌心怀一种动人的信仰。他唯一的激烈之处体现在反贝隆主义，在杂志生涯刚刚过半的时候，用《网与暴力》这本写于1956年的书庆祝贝隆的倒台：“这些字句是在那个大怪物的阴影下写成的。”回头来看，《布宜诺斯艾利斯诗歌》可以说

[1] 阿根廷诗人、散文家、小说家、译者、马克思主义者。

[2] 阿根廷诗人、翻译家、文学评论家。作为《布宜诺斯艾利斯诗歌》杂志主编他出版了皮扎尼克最初的三本诗集，并将她介绍进布宜诺斯艾利斯的诗人圈子。

一直是诗歌抵抗运动的焦点，只是那些贝隆主义者恐怕不知道这一点。

这家杂志社同时也出版书籍，有不同系列的丛书，都是阿根廷作家或者外国作家的小本诗集或译本。每一册都有同样朴素大方的装帧设计，连字体都是完全一样的，它们全都出自一家名为“萨拉戈萨”的印刷厂。阿吉雷写过的所有作品都像蒙上复写纸一样拓印着勒内·夏尔[1]这位极具象征意义的诗人。由此就能预见到抽象的、反思—隐喻式的语调，以及不断地主题重现，将诗歌与诗人作为重要元素。

此外，还有一个群体皮扎尼克曾经在某一时期尤为接近和认同，那就是超现实主义者。她与这些人有过几次多少有些无谓的论战，从长远来看并没有什么泾渭分明的分歧。超现实主义胜在拥有一大批魅力四射的诗人，而且它的拥趸不仅仅是诗人。超现实主义不仅是一种写作方法，更是一套绝妙的阅读谱系，文化资源丰厚，从博斯到弗洛伊德，包括德国浪漫主义者，旧书或杂志上的版画，或者任何时代和国家疯癫或怪异的文化成果，包括不合时宜的一切。那是一场盛大的、不竭的狂欢，皮扎尼克终其一生都效仿着它，从中汲取着灵感。她全部的阅读经历（除了少女时代读过后来被抛下的作家，如里尔克或西蒙娜·薇依）都在这

[1] 法国当代著名诗人。生于法国南方沃克吕兹省索尔格河畔的伊尔，早年一直住在家乡乡间。后从事文学，受超现实主义影响。1930年曾与布勒东、艾吕雅合出过诗集《施工缓行》。第二次世界大战中，他抱着爱国热忱，拿起枪来与敌人周旋，是下阿尔卑斯地区游击队首领，在抵抗运动中与加缪成为挚友，获得骑士勋章。法国光复后他出了不少诗集。1983年，伽利玛出版社将夏尔的全部诗作收入具有经典意义的“七星文库”出版。

一谱系当中。

最开始引领阿根廷这个超现实主义群体的是阿尔多·佩莱格里尼，不起眼的诗人，乏善可陈的散文作家，勤奋的译者。作为译者他有一个很难界定的缺陷：虽然正确无误，但出于某种原因他翻译出的文本完全失去了光彩。他翻译的《马尔多罗之歌》就是这样，每一句都准确，整个译本却死气沉沉，让阿根廷的两代青年读者都以为这本书是个繁复臃肿、无聊透顶、几乎读不懂的玩意儿。佩莱格里尼的散文写得足够简白，一如所有真诚的写作者那样。散文集的题目不错——《为了增加整体的困惑》，让人想起那本尽人皆知的先锋派手册。但是佩莱格里尼的目标，以及实际上最大的优点与贡献，恰恰与这个书名相反。他是一个井井有条的漫游者和学者，一心想在拉普拉塔河流域推广超现实主义信念，他得到了来自布勒东[1]的明确指示（常常过于明确了），最持久的使命就是去粗取精。例如，佩莱格里尼为了用“超现实主义”取代20世纪20年代以来批评家们一直使用的“超级现实主义”而反复抗争；其实这只是一个过度翻译造成的错误，也许佩莱格里尼确有其道理，他认为使用“超级现实主义”的人带有一种废除性的偏见。佩莱格里尼身上有一种典型的信徒式姿态，比神明本身还信神明，这一点体现在他抄录和整理各类信息的热情上；可能关于这个流派全世界没有人比他知道得更多了。1961年，当他出版自己编著的《超现实主义诗选》时，布勒东本人都不得

[1] 安德烈·布勒东，法国诗人，超现实主义创始人。代表作《超现实主义宣言》。

不承认这是现存最完整的选集。

在阿根廷的超现实主义者中，有两位诗人最受仰慕，他们同属“40年一代”，最终成就了闪耀的写作生涯：奥尔加·奥罗斯科和恩里克·莫利纳，其中，皮扎尼克与奥罗斯科的关系超越了文学的范畴。莫利纳在各方面都是最正统的超现实主义者，包括他创作的那些拼贴画，如果不考虑品相，完全可以被当作麦克斯·恩斯特[1]的作品。莫利纳的诗歌是狂欢式的，激情澎湃，始终在颂扬爱情、青春和冒险的能量。这一点上他和贝利很接近，他们是要好的朋友，对待生命的态度极为一致。其他一些超现实主义/发明主义流派的优秀诗人走的也是这条路线：弗朗西斯科·马达里亚加，胡里奥·利纳斯，胡安·何塞·切塞利。其中，切塞利的情况尤为典型，简直是榜样一般的存在，令人坚信的传奇：这位原本平凡无奇的先生，年过四十，突然发现了诗歌与爱，抛下一切去了巴黎……皮扎尼克讲起这个故事的时候语调动人，切塞利对真正的生活、对追回逝去时光的渴望几乎刺痛了她。这样张扬热忱的对青春的追随，与诗歌的生命契约，所有人都是认同的，包括阿吉雷，只是阿吉雷更多是在理念上而非实践中支持。实际上，他们都不年轻了，过着舒适的资产阶级生活（切塞利的生活奢靡到几乎算得上伤风败俗）。所有这些超现实主义者，看到皮扎尼克身上那种由绝对的青春、没有工作和对自毁的模糊愿景而组成的气场，都以统一的热情接纳了她。后来，所有这些人

[1] 德裔法国画家，雕塑家。恩斯特被誉为“超现实主义的达·芬奇”，他在达达运动和超现实主义艺术中，均居于主导地位。

都比她活得久，每个人都没有放过为她的死亡献上一首诗的机会。

恩里克·莫利纳将先锋一代的诗人奥利韦里奥·希龙多视为精神导师。那是20世纪20年代，阿根廷的超现实主义者们正当青春（佩莱格里尼创办的第一种杂志《什么》在1928年问世），他们将先锋精神复苏并据为己有。希龙多最杰出的作品都是在这个时期完成的：1922年出版的《20首供电车阅读的诗》和1932年出版的《稻草人》。后来，已入暮年的他在1954年写作并出版了毕生最为激进的诗作《在更多的骨髓里》。这样的坚持使得他被1963年至1964年间出版的《场域》（全名《美洲诗歌场域》）杂志的年轻人重新发掘出来。这个群体聚集了超现实主义者、发明主义者以及《轮廓》杂志的同仁；所有人都或多或少与《布宜诺斯艾利斯诗歌》有关，《场域》像是这本杂志的修订版，抱有社会和政治意图，群体成员本可以指摘此前的几代人都生活在肥皂泡或者象牙塔里，却并没有产生什么激烈冲突。毕竟，所有人都挥舞着反资产阶级的叛逆大旗。20世纪60年代，佩莱格里尼开了一个小小的书店，去那里购买超现实主义书籍的年轻人宣扬着他们的“秘密革命者”理论（举出马拉美作例子）：看起来是循规蹈矩的公民，互敬互爱的家庭成员，一旦坐下来写作就摇身一变成为既有秩序的破坏者。这是一个不错的辩解，无论他们是否公开宣称如此，都从这段经历中受用良多。

以上这些风尚没有对皮扎尼克产生直接影响，这是因为那些人中没有谁的作品或人生令她崇拜。莫利纳的作品也好，奥罗斯科的作品也罢，都是汹涌澎湃、辞藻累赘的，热切积极地褒扬着诗中的主角，这一切都与皮扎尼克的写作背道而驰，却是几乎所有与她往来的诗人的特点。屈指可数的几个例外都不是她参与活动的文学咖啡馆群体里的人，比如恩特雷里奥斯诗人胡安·L.奥尔蒂斯，不过皮扎尼克一开始并没有注意到他，这其中有实际层面的原因（奥尔蒂斯住在恩特雷里奥斯省，他的诗集在首都几难寻见，最初发掘他的是《场域》杂志，那已经是20世纪60年代的事了），也有与二人各自作品相关的内在原因：奥尔蒂斯的诗歌如风景画一般洋洋洒洒，与皮扎尼克当时选择的高浓度集中、意义超载的表达方式完全相反。

还有一个诗人例外，完全抓住了皮扎尼克的注意，启示她发现了属于自己的风格，那就是安东尼奥·波奇亚[1]。1955年皮扎尼克第一次读到波奇亚的作品，紧接着就认识了诗人本人，到了1956年，她已经写出关于波奇亚的文章。波奇亚当时是一位年迈的退休工人（生于1886年，死于1968年），游离在文学圈之外很远的地方，没人真的把他当回事，一直以来都是如此。他一生只写过一本书，取名《声音集》，在世时曾几次扩充它。书中作品类似格言警句（皮扎尼克对于“诗歌”的称呼十分严格），像是智者语录，让他在文学圈外的受众中拥有了不大不小的名气，相应地，也就在更为专业的人士那里得不到赏识。事实上，《声音集》里的“声音”和智者语录完全无关，而是一个又一个狡猾逻辑的小巧构造，大部分在极为怪奇的文字游戏中失去了作用。罗杰·凯

[1] 意大利裔阿根廷诗人，他唯一一部诗集《声音集》对皮扎尼克早期的创作产生过重要影响。

洛伊斯[1]在20世纪40年代途经阿根廷时发现了波奇亚的“声音”并将其翻译成法语，布勒东读后表示这是在他的阅读经验中最优秀的卡斯蒂利亚语诗歌——对于在本国不受重视的波奇亚而言，这是一场典型的阿根廷式复仇。

在皮扎尼克创造和发展自身风格的过程中，波奇亚起到了至关重要的作用，不过，她不是唯一从波奇亚的作品中学到东西的，还有罗贝托·华罗兹，这两位门徒各自的发展轨迹耐人寻味。华罗兹最早的几本书（都叫作《垂直诗歌》，后跟一个编号，最后一本是第14卷）显然是从波奇亚的语义游戏发展而来：古意大利语式的悖论怪谈，不加修饰，奇思妙想，引人入胜。在最初三卷之后，显然这已经是一条死胡同。从那之后华罗兹又回到了更为传统的诗歌，继续写格律诗一直到死。波奇亚没有落入同样的圈套是因为他已经是个老人了，而且一生只写过一本书。而且，这是他开创的领域，也就占得了先机，完全有权只写这一种风格。他的“声音”是抽象的，完全围绕他自己闭合，因此必须简短精炼，必须高度浓缩，穷尽这种独特的创造意义的方式。像华罗兹那样，连续几本书都这样写，将它视为始于年轻时代并要践行一生的诗学程式，这是不可能完成的任务。而皮扎尼克早在1956年就选择了另一种解决方法：把波奇亚的诗歌构造模式套用到以超现实主义为根源的视觉表达上（逻辑扭转的机制在超现实主义的意象库中重新变得迷幻而长久有效），与此同时，她还将波奇亚的诗学

[1] 法国知识分子，其作品涵盖文学批评、社会学及哲学。他在将拉美作家（包括博尔赫斯、聂鲁达、阿斯图里亚斯等）介绍给法国公众方面发挥了巨大作用。

用于错置或重置事物的位置，给被诅咒诗人的神话拧上了一颗不常见的螺母。文字意义的游戏，芝诺的飞矢不动也好，阿喀琉斯追乌龟也好，《爱丽丝漫游奇境》里的变形也好，都变成了自传体的材料，不必放弃精炼、浓烈和干涩这些最严苛的先决条件；也就是说，不必迁就于使用一个喋喋不休的话痨主体的资源。当然，依照她的方式，这也是一条死胡同，她用自己的人生经历作为素材滋养写作，人生经历必然有终点，而且为了给予这些素材的构建足够的重量和兴趣，她将这些素材都放置于夜间焦虑的恍惚时刻，这就意味着不可能无止境地攀登升级。不过，在此过程中，她还是足够高效地创造出了自己的作品。

至此，皮扎尼克的诗学图景的构建基本完成了。对于前代的阿根廷诗歌传统她并没有特别关注。从卢贡内斯的作品中，她仅仅拯救出了一个瞬间，一行写着"你幺儿的小肚子"的诗（她没有发现，这行诗，正如卢贡内斯诗歌中少有的其他一点精品，是对拉福格[1]的翻译）。对于博尔赫斯，她漠不关心。在她留下的摘抄和笔记里一句都没有提到过他（尽管她给博尔赫斯写过一篇报道）。她不信任叙事文学，因为人是无法单凭诗意的浓烈写出小说的，必须要有纯粹提供信息的语言在其中穿插过渡。她举出一例证明自己的观点，如果要写小说，她早晚不得不写出诸如"我们去喝了一杯加牛奶的咖啡"这样的句子。在她看来，只有某些特定的诗意叙事文学除外，比如朱娜·巴恩斯[2]的作品，或者

---

[1] 朱尔斯·拉福格，法国－乌拉圭诗人，他的诗歌被称为"部分象征主义，部分印象主义"。

[2] 美国作家、艺术家，她的小说《夜林》是女同性恋文学的邪典经典，也是现代主义文学的重要作品。

她尤为痴迷的奈瓦尔的《奥蕾莉亚》。她少女时代就读过普鲁斯特——这位法国人虽然自己是牛奶咖啡的狂热信徒，《追忆似水年华》却发端于一杯茶。

在她找寻属于自己的道路的那几年，主要的阅读都是法国文学，或是外国文学的法语译本，这一点在她完成自我发现之后也没有改变。从波德莱尔和奈瓦尔出发，她沿着布勒东在《黑色幽默选集》以及他自己的文集中设计的正典脉络进行阅读。有一本书她尤为喜爱，读过卡斯蒂利亚语译本，后来又读了法语原著，热切地一遍一遍重读并画线，那就是阿尔贝·贝甘[1]的《浪漫主义灵魂与梦境》。荷尔德林[2]的作品她读过热纳维耶芙·比昂基的法译本，也读了塞尔努达翻译的西语版本（收录于一本在墨西哥出版的小书中），还有最重要的，皮埃尔·让·茹弗翻译的所有那些“疯狂之诗”。兰波是她始终持续阅读的对象。后来，洛特雷阿蒙成为对她有决定意义的作家。

对于皮扎尼克那个阶段的人生，只有从书信和旁人口述中复原的不多细节。这也很自然，因为那是尚无历史可言的岁月，或者说，唯一的故事情节就是她结交的圈子在不断扩大。（此外还有她最初几本书紧凑的出版节奏；不过这些也是她社交活动的机制本身的一部分。）她在文学圈的第一位引路人是巴哈利亚，皮扎

[1] 法籍德国人，日内瓦学派领袖之一。其著作《浪漫主义的灵魂与梦境》，是20世纪法国文学的学术方面最辉煌的成果之一。

[2] 德国诗人，古典浪漫派诗歌的先驱。十四岁开始写诗，刚过三十岁就得了癫狂症。他的诗歌运用大量隐喻、象征、悖论等现代技巧，突破古典时代的规则束缚，表达对自由的强烈向往和对诗意栖居的生命境界持之以恒的想象。

尼克当时为这位新闻学院的教授担任非正式的助教。在现存的一封当时的信中，她建议巴哈利亚不要把乔伊斯的作品列入课程的必读书目，因为学生不会去读一部篇幅如此之长又如此难读的书（那是1955年，现在当然今非昔比了）。她顺便也在信中表达了自己对《尤利西斯》缺乏好感："读下去太费劲了 …… 我现在换成读勃朗特的《呼啸山庄》了。用这个办法来忘掉你那著名的乔伊斯。"确实，皮扎尼克如此厌恶平庸且无诗意的过渡情节，把《尤利西斯》读下去肯定是很难的，毕竟这部作品里旁逸斜出的部分比比皆是。而在艾米莉 · 勃朗特的小说里，剥开世代与故事的外壳，真正的中心是一个神秘的女性形象，完全是诗意的烈度。当巴哈利亚在智利旅行的时候，皮扎尼克写信托他带一本维多夫罗的《阿尔塔索尔》。在同一时期的一张便笺中，她提醒他，他们二人当晚要参加希龙多家的聚会。这张便笺保留下来是很有意义的，因为那一夜群英荟萃。希龙多是文学史的一部分，在当时甚至比博尔赫斯更有地位；他的夫人诺拉 · 朗格也毫不逊色；那几年，希龙多出版了一部作品，作为诗人和先锋主义者的桂冠戴得更稳固了；而且他家境富有，是老派贵族的一员，曾经的贵族时代一直吸引着皮扎尼克，希龙多的家是一幢充满"美好年代"家居装饰的宅子。夫妇两人都是酒鬼，惯于夜游，皮扎尼克这样的年轻中产阶级女孩对他们举办的通宵聚会定然是感到兴致盎然。不过这样的场合一定也有其致郁的地方。（据某个版本的坊间传说，皮扎尼克第一次自杀未遂恰恰是在从诺拉 · 朗格在这幢宅子举办的一次聚会上回来之后发生的，那时候希龙多已经去世了。这个故事可能并不确实，不过传得足够逼真。）皮扎尼克可能正是在希龙多的家中结识了奥尔加·奥罗斯科、恩里克·莫利纳，以及当时阿根廷文坛其他大大小小的人物。

最开始的时候皮扎尼克参加的是阿图罗·夸德拉多发起的咖啡馆聚谈，阿图罗是移民而来的西班牙诗人，是海中瓶出版社的老板。这家出版社印制由作者自己出资的诗集，装帧设计和插画由他的合伙人、也是来自西班牙加利西亚的画家路易斯·塞瓦内完成。那个场合弥漫着有点过时却又顺理成章的波希米亚风，很快就被历史抛下了。不过皮扎尼克是在那里结识了伊丽莎白·阿斯科纳·克兰威尔。克兰威尔在海中瓶出版社出过一本书，那些年里她是皮扎尼克非常亲密的朋友。还有鲁文·维拉，也是那家出版社的作者，皮扎尼克后来给他写过信，寄往他作为外交官派驻的不同目的地。在现存的一封可能写于1957年、寄往拉巴斯的信中，皮扎尼克告诉对方几个“消息”：她继续留在文哲系读书了，“我觉得喘不过气来”，但是觉得除了写作确实应该做点别的事。她给维拉描述了自己每周四都参加诗歌聚会，但是拒绝念自己的诗——“那是浪费时间和精力”，这是性情胆怯的人共有的典型顾虑，对他们来说，当众朗读这件事从聚会前15天就已经开始了，会把他们完全吞噬。她半真半假地表示不在乎这样的社交活动：“怎么可能只有这一种所谓真正的生活可以过！”也许她是真心这样说的，不过在家庭和学业之外（二者都是她亵渎和诅咒的对象），她的生活里确实只剩下这一样社交活动。

同样身处这个文学圈的还有莱昂·奥斯特罗夫。他是颇具影响力的精神分析学家（当时从事这一职业的人还非常少），据说皮扎尼克因为哮喘和“一些不严重的语言表达紊乱”去找他问诊，由此开启了一系列的往来，从布宜诺斯艾利斯到巴黎。这些治疗并非真正意义上的精神分析，甚至最基本的画像都没有。从治疗中两人之间很快萌生出情谊，更多是在文学方面而非亲密层面。要知道，那个时代，精神分析学家都是执业的医生，是有处方权的。1956年，皮扎尼克将自己的第二本书题献给奥斯特罗夫，证明她19岁的时候就已经开始接受对方的诊疗了。这段关系一直延续下去，1958年，她的下一本书里也有一首诗是献给他的。1961年或1962年，皮扎尼克自巴黎给奥斯特罗夫寄去数封信，信中附有一些“日记”片段，其实是一些私密的诗意散文。这些信件和题献佐证了皮扎尼克自述中谈及的她经历的精神分析主要是把自己写的诗拿给分析师看。这种非正统的医学与文学批评交织的治疗（可想而知收效甚微）非常符合超现实主义者所提倡的生命与作品的汇流。无论皮扎尼克当时面对的精神问题是什么，她想寻求的都是让自己创造出的人格高效创作的途径，这需要某种魔力，她不可避免地渴望着魔力生效。

数年后，当皮扎尼克几乎难以承受自己的精神困境时，她开始依赖奥尔加·奥罗斯科清晨时分打来的电话，渴望从对方为自己提供的诗歌驱魔术里获得安慰。这件事毫无缘由，与皮扎尼克相熟的知识分子及好朋友想到一个像她这样聪慧、明智的女人最后要屈就于这样的把戏，实在有些伤感。说到底，这些都不过是弗洛伊德谈话式疗法的变体。她的文学活动也是这样的变体。不能忽视的是，从她寄给奥斯特罗夫的日记片段和诗歌可以看出，写作者对自己的写作质量非常警醒，经过不断的修改，这些资料已经失去了记载症状的意义。不过，从另一方面而言，这些创作的质量之高带来了别的效力，那是实在的、可实现的魔力：它们将她变成了一个公认的、著名的伟大诗人，这至少能解决一部分她的问题。最后的最后，也是文学创作让皮扎尼克战胜了自己所有的困境，尽管，是以她付出生命作为代价的。

多年以后，莱昂·奥斯特罗夫回忆道："或许我并不总是将她精神分析化；但是我知道她始终将我诗歌化。"当然他可能只是想说一句妙句，但是无论如何，这句话彰显出了皮扎尼克从何种程度上将"阿莱杭德娜人格"注入他们刻意而为的关系里，这个人格所象征的东西和"诗歌"本身一样受制于她任性的解读。如果她为了像哮喘这样具体的病症去看的医生都走上了这条路径，医生开出的药就获得了巫术一般的特质，诗歌也是如此。

在那几年里，皮扎尼克出版了三本书，初出茅庐的习作，都是诗集。加上其他散见于杂志和日报的诗作和文章，已经足够使她获得最初的声名。第一本书名为《最遥远的土地》，版权页显示印于1955年9月10日。衬页的背面有路易斯·塞瓦内为作者画的素描肖像。这本书可见的历史（一本消失之书的可见的历史）是，这是一本尚未成熟的作品。十年后，在筹备选集的时候，皮扎尼克将这本书的创作年代定位在大学岁月："这本书拣入了1953年和1954年的创作，几乎都是其作者念本科的时候。"在后来的选集里，没有任何一首诗出自这本处女作："一首诗都没选，因为没发现任何一首值得的。”（无人称句的用法更强调了这种自我否定。）所以那本书的作用仅仅空余一个书名，一本内容空无的书，它唯一的任务就是给了一个年轻诗人在文坛亮相所需要的文本实体。她此后的书都是“阿莱杭德娜·皮扎尼克”的故事，而这本处女作先于那个人格而生，“芙洛拉·阿莱杭德娜·皮扎尼克”的署名也印证了这一事实。这个情节，因为皮扎尼克本人是这样讲的，所以一直被所有人全盘接受（这也无可指摘，因为前提使然，事实如此）。所以这本书从来没有再版过，她的《诗全集》里也没有收录这本书，“以示对诗人本人意愿的尊重”。大家总是逐字逐句地按照字面意思尊重着诗人本人的意愿：在接诊她的时候宁愿把自己诗歌化的精神分析师是这样做的，在阅读她的诗歌时将这些诗歌视为出自一个诗意人格的读者们是这样做的，她的朋友们在加入这场关于“词语”的超验巫术游戏时是这样做的，她的传记作者们罗列这个自毁倾向的“溺水小女孩”的编年史时也是这样做的。仿佛她自己讲述的这个故事太完美了，谁都无法比她讲得更好。

出人意料的是，《最遥远的土地》这本书其实很不错，不仅是对一个19岁的年轻人而言。这本书唯一的缺点是它与皮扎尼克未来那些已被定典的作品格格不入；非但无法融入其中，反而让我们衡量出她自从构建起属于阿莱杭德娜的人生与创作之后所写诗歌的局限性；她写第二本书的时候刚满20岁，贯穿此后一生的诗学模式已经全面开启。相比之下，第一本书里的这些诗先于后来占据统治地位的词汇和主题限制，也早于她使用自传体人格进行创作——这两样是同时发生的。我们不妨来看看这本书的第一首诗：

不要滚动的空白
在移动的植物上。
不要偷窃的声音
幼苗在空中拱起，
不要一千份氧气存活
细碎的十字指向天空。
不要移动我的曲线
在给当下的叶子打蜡之前。
不要征服磁铁
草鞋终会四分五裂。
不要触碰抽象
抵达我最后一缕棕发。
不要征服柔软的尾巴
树木安放树叶。
不要没有混乱就带来
便携的词汇。

——*《对抗幻梦的日子》*

显然，诸如“草鞋”这样入侵式的表达让这本书跌入被排除在外的禁忌之地，在皮扎尼克的作品中，这样的表达和使用“牛奶咖啡”一样具有不可或缺的效果。同时也有一些莽撞得颇有玩笑风采的意象。直到此处，截去那些冒犯人的句子来拯救这首诗并非不可能，她这样做过无数次。而在这首诗里，写作本身就完成了修剪的工作。实际上，这首诗中有一种微妙的规避意义的动作，不仅是通过否定的结构，也是对那种几乎如同自动写作的不可见之物的选择。警觉的意识并未醒来，半梦半醒之中她放任诸如“草鞋”之类的东西流窜进诗句，连同诗歌里所有不可解释、没有理由的东西。在这里，她的诗歌不需要罗列、堆砌、容纳任何本应遭到责备的词语，也能表达出同样的创世纪前的自由；正如这本书的第二首诗：

沉默的骨头上的玫瑰色框架
摇晃雾气弥漫的鸡尾酒
数千卡路里消失
在被碾碎的苦修前
从烟雾背后可见
破碎的三叶草的双手
几乎张开了分开的牙齿
惩戒黑暗的牙床
在刹那接收的噪音下
头发笑着摇摆
几个火星人的脚印
波尔多产的黄色干邑

抓挠血迹斑斑的厕所
三个声音致电三个亲吻
为我为你为我
钓起兴奋的百灵
在烦人的薄片上
上升的劳作！

——《烟雾》

另外还有一首诗题为《一张客观的戏票》，这也可以成为整本诗集的书名，因为这本诗集是客观的诗歌，拥有自动写作的特性，同时它也是用密码写成的诗歌。正如所有的青春期诗歌，这里的隐晦与深奥出自一个还没积攒出多少需要隐藏的东西的人，于是，她只得隐藏所有。她的青春以及青春所具备的程序化的特性，从诗题下的引文就看得出来，出自兰波的一句诗："啊！青春期说不尽的利己主义，勤勉好学的乐观主义：今年夏季，世界怎么有这许多鲜花！乐曲和形式正奄奄死去"[1]。这段话摘自《彩画集》中的一篇，题为《青春》。

这本书的可贵之处在于其中蕴藏着她早年的特质。这无关乎作品，也无关乎作品的好与坏，仅在极少数（或许也没那么少）作家笔下能够坚不可摧地幸存。这种刻意构建的特征展示了皮扎尼克作品与人生之间的关系。在此，我引用了她的一些少作，而

[1] 引用自《彩画集》，上海译文出版社2012出版，王道乾译。后文涉及的兰波诗句均引用自此，为适应叙述，可能有少许修改。

书中还有另一个极端，使得这种推论并不那么明显。这本诗集中的最后六首诗（情诗！）集结在一个皮扎尼克式的标题（《你阴影里的一个符号》）之下。这种主题的抽离勾勒出她后期诗歌中的主观性，暗示其主观性中情欲的根源。主观事物将这种“抽离”变得程序化，是对论述、词汇和主题的界定，也是对简洁性有意识的谨慎运用。

对皮扎尼克而言，《最遥远的土地》无法克服的问题是，在她步入此后的社交圈之前，这本书就已经出版了，也就是说，当时的她还不明白什么可以叙述，什么不可以。这种无关的评判（仅仅是和这本书的出版无关，因为她会将其私人化并以一种原型的方式呈现）她只是如常接受。她并没有像那些先锋主义者一样与文艺圈决裂，也没有年轻的同志一起与文学机构战斗：她的同道都是老人，只是高举着青年的旗帜；而且，由于她是唯一真正的青年，他们视她为旗手，把她当作自身价值观和进步的保障，是他们用来拒绝虚假音调的那个“声音”。她马上开始了她“阿莱杭德娜·皮扎尼克”的事业。第二本书，也是她作为后来的皮扎尼克的第一本书，出版于1956年:《最后的天真》(布宜诺斯艾利斯诗歌出版社，“世界的感知”文集，第7期)。这本书的第一首诗已经开始不可避免地展露出她成熟期作品的结构特点：

岛的逃离

女孩重新攀爬风的阶梯

自此，她所描写的一切都是基于这两行诗的变体，她可以将其拆分或重组：主语起了主导作用，人物的形象也已完备（这里是原点，“女孩”，那个年轻人：之后她会披上成百上千种伪装，包括小女孩或老妇人）；在主语和客体之间存在某种形式的语言游戏（逃离的是岛，这本该是个地点补语；预期的主语在句法中出现在偏离中心的位置）；观感是强烈而克制的，就像微缩的电影；构建的元素很少，且简洁，几乎有些抽象了（岛，逃离，女孩，风），是一些事先重复过的组合碎片：“女孩重新攀爬风的阶梯”，仿佛她一直在做这件事；而且这是简洁的：虽然第一首诗后面还有13行，最初的两行已经体现出诗人的构思。

在阿莱杭德娜·皮扎尼克作为文学学徒的生涯中，直到《工作与夜晚》，都是一场对简洁形式的征服。这种特征，也是她最鲜明的特点，被一再印证。首先，这种特征遵从的是与她诗歌创作相同的起源，即主体的错位，这是一种转瞬的游戏，一经表达即已完结，再延续它实则是一种损耗：如果一个读者对岛/女孩的逃离敏感，后续的内容会让他走神，尤其是，他的敏感使得这两句诗激发出大量的情感（可以是：孤独，梦幻的风景，与虚无进行的绝望杂技，青年时的徒劳，紧紧相随的幽灵，来自儒勒·凡尔纳、洛特雷阿蒙和利奥诺拉·卡林顿[1]的启示……）。其次，简洁保证了对于质量的把控，而这种质量，加上完美或纯粹的格式，是她对作品的最终追求。她创造的这些人物，他们的生命，只有

---

[1] 出生在英国的墨西哥艺术家、超现实主义画家和小说家。她成年后大部分时间生活在墨西哥城，是20世纪30年代的超现实主义运动的参与者，也是20世纪70年代墨西哥妇女解放运动团体的创始成员。

在她成为伟大诗人的情况下才算成就了自身的意义，没有衰败没有缺陷，决不能暴露任何有损连贯性的疏漏，任何一个疏漏都足以摧毁整个幻境。《最遥远的土地》中那美妙的自由已经被抛在脑后，与那本诗集一同遭弃。这自由是永恒的乡愁，它为作品奠定了阴郁的声调。皮扎尼克开启了在文学界繁忙的社交活动，骄傲于结识那些作家并成为他们圈子中的一员，她将这一切视为生活的意义。她认识的人越多，结交的作家越有名气，她恐怕就更警惕不要暴露自己的软肋。她完全知晓（因为她也参与其中）文坛盛行的恶毒评论，观点各异，引发一个接一个挑剔的苛求，她除了继续产出诗歌的珍宝，别无出路。这不是心血来潮的好胜心，亦不是虚荣心，或者雄心壮志，或者说，即便有野心，也是社交圈中必要的，因为，唯有完美的诗歌能把主体的离转变成治愈生活困苦的萨满疗法。

《最后的天真》这个书名取自兰波，源自《地狱第一季》中《坏血统》的第四节："最后的天真，最后的恐惧。这是早已说定了的。"此前的一句话是这样写的："这邪恶自从进入理性之年就将它痛苦的根须延伸生长在我的胸膈之间……"皮扎尼克的这个书名选择，或许是在隐约暗示自己的同性取向——在她所有的出版作品中，这是唯一一次。

在两年后出版的《失败的冒险》（1958年）里，皮扎尼克在精炼写作方面的研习有所倒退，诗歌的篇幅又变长了。六年后，在做一本选集的时候，她没有从《失败的冒险》中选择任何一首，《最后的天真》倒是选了不少。选编时间是1964年初，那套丛书最终未能问世，装着书稿和评注的文件夹一度丢失，在皮扎尼克过世后25年才被发现。在生命将尽的时候，她还为西班牙出版家安东尼奥·贝奈托编过一本诗文自选集，那本书最终成为她的遗作，以《词语的欲望》为名出版。[1]至于前面这部未曾出版的选集，有趣之处在于时间点，1964年，恰好是在《工作与夜晚》出版之前，此时，她对简洁的追求正处于顶峰，但还没有因此走入死胡同。在这本选集的引言中，皮扎尼克谈到《最后的天真》和《失败的冒险》出版时间仅相隔两年，却展现出“两种非常不同的表达形式……一种是去肉剔骨（在语言方面）和超现实主义（在意象运用方面）。另一种则恰恰相反，澎湃磅礴，对词语的过分使用毫不克制”。在《失败的冒险》中，后者成为主导，这让她觉得自己做了错误的选择。经过一番删减，她在其中找到一些可以挽救的诗句。在《最后的天真》中，她采用的方法类似但不那么激进，总的来说，就是通过修剪来寻求“剥离”。在这两本书的样书中，都插入了一个名为“接近”的部分（也许意在找寻简短和“赤裸”的诗句），里面都是虚线之间两三句诗行的片段，这是为了突出它们被裁剪、截断的状态。这是一种纯粹机械性的行为，很快

[1] 在皮扎尼克生命的最后一年，她多次在给友人的书信中提到这本自选集，对它的出版满怀期待。以下摘录几则：“四五月的时候就能准备好。那会是一本美丽的书，而且（这是最重要的）那是我们的书。”（2月4日）“我们——阿莱杭德娜，安东尼奥，玛尔塔——的选集我会寄给你，最多一个半月。终于！终于！我们应该像中世纪的骑士那样一人一只戒指作为友谊的象征。但愿一切完美。”（6月30日）“终于，终于，我们（玛尔塔和我）寄给你我们（你的，她的，我的）的选集。”（8月16日）“唯一能让我平静的是开始想象你的创造力会让我的文本变成什么样。焦急渴望看见它成书。”（8月27日）。在皮扎尼克去世后，她生命最后阶段的伴侣玛尔塔·莫伊阿给选集的编辑安东尼奥·贝奈托写信说道：“安东尼奥，现在我们能做的只有继续做她的第一本选集。在她给我的最后一封信里，给我讲了你从旅途回来在写字台上看见书稿时的喜悦。请求你给我写几行字。我需要知道这本选集会是特别的。”（9月30日）

她就放弃了这种碎片化的美学。无论它有多短，都是一首“诗”，首尾兼具，而不是任何其他事物。这一点在她出发去欧洲之前出版的最后一本作品集中表达得淋漓尽致:《诗歌=诗歌》杂志（一本精美的微型杂志，由罗贝托·华罗斯和马里奥·莫拉雷斯主编，在早期迪特·卡斯帕雷克也是主理人；出版了二十来期）1959年第4期单行本。这本小集子名为《诗歌》，收录不到十首诗。后来，她把它们收入了接下来一本书的附录，数目砍到七首，本就简单的内容也做了修剪：对一个沉迷于找寻华丽题目的人来说，这种克制如同宣言一般洪亮。

1959年，她专心计划去巴黎的旅行。这一年，她的朋友安东尼奥·雷克尼——同为诗人，与她风格迥异，却从青春期开始就与皮扎尼克保持着尤为亲密的关系——已经在巴黎畅游，并写信鼓动皮扎尼克动身（“这个城市与你非常契合”）。考虑到巴黎对一个热爱法国的超现实主义阿根廷青年诗人的吸引力，这封信显得有些多余。幸运的是，皮扎尼克的叔叔一家住在巴黎，她的父母因而终于同意支付旅费。当然，这一点对皮扎尼克而言十分重要，想想她此后对“家庭”这一概念不乏讽刺并与之决裂，这场旅行终将给她带来难以克服的问题。

1960年6月，皮扎尼克动身，乘船到阿弗尔，之后坐火车到巴黎。她的叔叔一家住在偏僻郊区，除了有一封信直接提到他们的名字（阿尔芒和吉内瓦维，还有他们的女儿帕斯卡尔），没有留下任何关于皮扎尼克和他们来往的记录：初抵巴黎的头三个月，她是他们的客人，后来，她时不时地就要搬家。她住过酒店，后来先后在左岸租过三个房间：第一个房间位于圣日耳曼大道和巴克街，自1962年夏天开始，她住在圣苏尔皮斯街30号，她似乎在这里待的时间最长，然后，她住进一个朋友的家里，最后，她在圣米歇尔大道上的一个房间落脚。怀揣着对巴黎的崇高敬意，皮扎尼克人生中第一次也是唯一一次从事了一份（甚至是两份）办公室的工作：她在一个“臭名昭著的岗位”做些文印之类的工作，之后她为《文化自由笔记》杂志工作，自1963年起，哥伦比亚人赫尔曼·阿西涅加斯是她的上司。在一封给雷克尼的信里，皮扎尼克写道：“我每天校对打印样张四个小时”，并补充道：“这杂志太可怕了，我跟它只有职务上的联系。”尽管这本杂志声名狼藉，她还是一直为它工作到快离开巴黎的时候。[1] 她发表了译作，计划进行“诗歌批评”：“让意识形态见鬼去吧。我可不愿向左翼知识分子致敬而把自己饿死。”她还跟莫里斯·纳多和《新闻简报》有业务联系：委托出版其文选或文集，但这从未实现。

在给莱昂·奥斯特罗夫的信中，皮扎尼克抒情地描述自己早晨去上班的路，并提到这给了她一种自己“只不过是个上班族”的略显消极的感觉。随后，在回应自己曾经的精神分析师提出的

[1] 抵达巴黎后不久，为了摆脱对家人经济依赖带来的问题，更为了通过像正常成年人一样工作来达成某种“精神矫正”，皮扎尼克在一家阿根廷刊物驻巴黎办事处找了工作。报社同事都说她“太温和了，太安静了”，并没有意识到这是她无法正常交流的困境。她给远在阿根廷的奥斯特罗夫医生写信，自陈无法去想具体的事情，“我不知道怎么像正常人一样说话。我的话听起来很奇怪，像是来自远方”；打电话和波伏娃约采访时，“我如此努力地对抗我的迟缓，我的沉重，我坐在自己说出的每个词语上面好像那是一把椅子”；当她不必出门不必说话的时候，“从周二到周五，我都没有离开我的房子。雨下得很美，但我没有意愿也没有理由出门。我看了好几本书，写了几首诗，没跟任何人说话——除了礼貌地打招呼”，她感到自己“几乎是快乐的”。秋天的巴黎，天空呈现灰白色，皮扎尼克在信中告诉奥斯特罗夫：“我爱这样的天空：它是一场休战，是连接两个世界的桥。”

一个富有预见性的合理建议时，皮扎尼克写道："我无比敬重精神分析这门学问，我只是敢于质疑'谋生'本身的重要性。我觉得我能通过熬夜挣得更多，还不用每天用打字机打两百个地址。"她能维持生计其实还是靠着父亲的资助。在留存下来的所有她写给家人（也就是说，写给她母亲）的信中，她都在感谢父母寄来的支票或汇款单。在巴黎的阿根廷流亡者关系紧密，其中不乏权贵，他们也给了她一些帮助。此前25年的人生多少造成了她现在的窘迫境况——她也为此付出了代价，在旅居巴黎的最后一段时间，皮扎尼克体会到饥寒的难熬，也感受到身体的孱弱。

她精神上的孱弱也开始显现，而且必定是变得更加严重了。这一切在信件中表露无遗：夜间的焦虑，自杀的冲动，以及对未来和年华逝去的恐惧。恐惧，这是永远支配她身体的一个符号，而疯狂，是客观存在，是一头神圣的兽，一个包含无数种表达形式的万能词汇。她独自居住的这座城市，是奈瓦尔和阿尔托[1]的疯癫狂想轮番上演的戏台，这里也塑造了她的文学蓝图和人格。不过，在注定之路无可回转之前，她还要写出那部象征着"通往灾难的宏伟之路"的著作，这是她的志向所在。尽管有种种不利因素，她仍然拥有理想的条件。无论是此前还是之后，她都再也没能在灵感和理智之间找到如此完美的平衡。在巴黎的那些年，皮扎尼克几乎全部的诗歌理想都已经彻底实现，所余无几。在上文提到的那封写给奥斯特罗夫的信中，皮扎尼克提到自己曾经接

[1] 法国诗人、演员和戏剧理论家，其理论著作《戏剧及其重影》提出了残酷戏剧的概念，试图改变文学、戏剧和电影的基本元素。

受精神分析，并提出一个有趣的观点："在我看来，有一类像我这样的人，复杂、难解又可怕 —— 他们渴望接受治疗，主动寻求帮助：帮帮我，因为我不想被帮助。"最后这句话因为太像波奇亚而显得有点不太严肃，毕竟，对于皮扎尼克，意义和词语的诗歌游戏应当具有某种确切的自我实现的预言功效。至少在她看来是如此，正如她在给波奇亚的信里所述。此外她还感谢波奇亚寄去她阿韦利亚内达家里、又由她父母寄来巴黎的几个"声音"[1]："如今，有您字迹的那两张书页（因为我的目光）已成断简残编，我将它们随身携带，如同携带必要的身份证件。"我们几乎可以从书信往来中重构皮扎尼克巴黎生涯的全部，只是能收集到的信件为数寥寥。至于那些与她在巴黎相处过的人，他们的证词并没有什么参考价值，因为他们都想要描述得更加"诗意"（真令人遗憾）。几乎所有认识皮扎尼克的人都会情不自禁地将她与文雅端庄的形象匹配，最后大家总会给出同样的评价：她的房间是"醉舟"[2]，她的存在如同"从自我中流离失所的弃儿"，她那"绿色大眼睛"投下的目光饱含"花园中的孩童的惊异"，每当她旅行时，总是带着"鸟皮箱"，等等。皮扎尼克以绝妙的缩减法构建起诗意空间，将所有装饰都化为美妙的诗文，包裹着她，像一张不可逾越的网。

看上去，她跟同性恋圈子的往来也十分密切，这些都是在暗中进行的。巴黎时期的信件中，有一封是写给安东尼奥 · 贝内托的，皮扎尼克坦白自己爱上了一个名字首字母为"L"的女人。她

[1] 这里一语双关，波奇亚的诗集就叫《声音集》。

[2] 出自兰波的诗句。

在信中提及的“巴黎式孤独”应该是相对于这段旅居之前之后在布宜诺斯艾利斯繁忙的社交生活而言。她和几乎所有在巴黎停留的阿根廷流亡者都有来往 —— 至少是那些对文学感兴趣的人。科塔萨尔是这个小圈子的核心人物，皮扎尼克与他及他的妻子奥罗拉·贝纳德斯都交上了朋友。科塔萨尔是联合国教科文组织的翻译，在巴黎生活了10年，他帮皮扎尼克找到了工作，并把她介绍给其他朋友。

在非阿根廷人的圈子里，皮扎尼克最有分量的朋友是担任外交职务的奥克塔维奥·帕斯。此外，还有芒迪亚尔格和他的妻子伯纳；以及伊塔洛·卡尔维诺，他娶了一个阿根廷人。记者的工作使她跟西蒙娜·德·波伏娃还有玛格丽特·杜拉斯也有过几次交谈 —— 不过，这些采访从未发表。她跟杜拉斯后来可能还有交流：她曾把一首诗献给杜拉斯，还把杜拉斯青年时期的小说《平静生活》译成了西班牙语（这是她翻译过的篇幅最长的作品，除了芒迪亚尔格的短篇小说《潮汐》，这也是她唯一翻译过的非诗歌作品）。她跟克里斯蒂娜·坎波[1]保持着通信往来 —— 皮扎尼克在《南方》杂志上读到由穆雷纳编辑发表的坎波的散文。克里斯蒂娜·坎波并没有将这些信收进她自己的书信集中，我们只得从皮扎尼克给另一位朋友的抄送中窥见两个小片段。多年以后，坎波的名字出现在一首绝美诗歌的献词里。遗憾的是，两人都没有留下其他关于彼此之间交往的记录（似乎她们只有书信往来）。克

[1] 意大利作家、诗人和翻译家。她是多恩、曼斯菲尔德、伍尔夫的意大利文译者。

里斯蒂娜·坎波也是个和皮扎尼克旗鼓相当的作家，不过她和帕斯一样，看重跟华而不实的平庸之辈交往，这一点是有些幼稚的。

那时候与皮扎尼克的天赋相提并论的，还有帕斯当时的妻子埃莱娜·加罗。这夫妻二人的关系十分淡漠，很快就被婚姻中仇恨的浪潮淹没，在1962年离婚。作为帕斯忠诚的朋友，皮扎尼克对加罗也没什么好印象（“她一半是个漂亮的疯婆子，另一半是坨疯狗屎”），而这样的厌恶也是双向的。皮扎尼克去世20年后，埃莱娜·加罗出版了小说《伊内斯》，把皮扎尼克塑造成一个冷酷无情的形象。不过，虽然那是一本含沙射影的虚构作品，而且考虑到她前夫的因素，这本书的可信度要打折扣，但是这本书毕竟没有落入前文提到的种种想象的俗套，反而成为对巴黎时期的皮扎尼克唯一值得一读的证词。

小说中隐射皮扎尼克的角色叫安德烈娅，故事甫一开端即率先出场。主人公伊内斯发现她鬼鬼祟祟地侵入了一个有钱却道德败坏的拉美人（显然暗指帕斯）在巴黎的豪宅：“黑暗中，叫人分不清这人是男是女。穿着厚实的工装和黑色毛衣，头发剪短，嘴唇厚厚的，脸蛋胖乎乎。…… 那人让她起了疑，她确信对方失去了意识，自己也有能力施暴。她对道德毫不在意。…… 伊内斯想起小恶魔的形象，有着工人的外表，装成女人的模样。”随后，伊内斯去问看门人，看门人回答：“别担心，那个人原来叫阿莱杭德娜，她改了名字，现在叫安德烈娅。她是哈维尔先生的画家朋友。”（这里的“改名”桥段印证了埃莱娜·加罗有多记仇：她生怕别人认不出自己写的就是皮扎尼克。）“画家”并不是伪装，而是她真实的职业:“安德烈娅跑去跟男人们会面，他们也鼓掌欢迎她的到来。甚至有只言片语传到了伊内斯耳边:‘我大腿间有熊熊烈焰。’‘这是诗啊！真正的、人性的、爱恋的、肉欲的、不那么愚钝的诗！’。”此外，书里还有影射女同性恋的内容，这在加罗的作品中十分罕见:“来，我们来玩个有趣的小游戏……”后来，安德烈娅又出现在刑讯室:“——嘿，是我。你不舒服吗？——是安德烈娅，她头发剃短，脸蛋胖乎乎。她第一次理解了画家咄咄逼人的丑态，她被眼前这扁平的鼻子和黑黝黝、沾满汗水的皮肤吓到了。”书中还有一段丈夫和妻子间的对话从妻子的角度总结了帕斯和加罗（对皮扎尼克）的看法。丈夫说:“她是个令人钦佩的年轻人……一个艺术家……一个小无赖！她早晚会证明我的看法！”妻子说:“她是个可怕的女人，一个男人婆。”丈夫说:“安德烈娅是可敬的，她满怀天赋，却没有得到世人的认可。”

这部小说成为埃莱娜·加罗最好的作品之一，它是梦魇的造物，充满了超现实主义者所追求的暴虐迷幻的氛围——那些年里，这一切都在瓦伦丁·彭罗斯[1]的作品《血腥女伯爵》[2]中有所展示。尽管女性受害者是埃莱娜·加罗笔下永恒的主题，但除了关键的复仇形象以外，这本书赋予了安德烈娅偏执的性格，为她营造出一种家族性的怪异气质，在邪典仪式般的氛围中（无知的

[1] 法国作家，最早参与超现实主义运动的四位女性之一。

[2] 该书原型为匈牙利的伯爵夫人巴托里·伊丽莎白。其家族曾于第一次摩哈赤战役中抗击侵略匈牙利王国的奥斯曼帝国，但她同时也是历史上杀人数量最多的女性连环杀手，被冠名为“血腥伯爵夫人”“女德古拉伯爵”“恰赫季斯血腥夫人”等称号。为了永葆青春，她让人给少女放血，然后用这些鲜血沐浴，或者喝掉。传说被她残害的少女从几十到数百不等。

年轻女性落入了不可言说的黑暗力量手中），我们联想到“阿莱杭德娜人格”，理解了书中除了报复的关键信息。而这也是唯一一份（算上塞瓦内在《最遥远的土地》中为皮扎尼克所作的画像）出乎皮扎尼克意料的对她本人的刻画。

皮扎尼克在欧洲旅行不多，范围并不广泛，频次也不高：1962年春天，她去了圣特罗佩，留宿在一位“洛雷特博士”家中；1961年，她去了卡布里，记录在一篇标有日期的散文中：“人头攒动。”后来她几乎不再旅行了，就这样直到巴黎生涯的尾声，1963年夏天，她应女性友人玛丽·让娜·诺尔洛之邀，两人驾驶着“小红车”游历西班牙。这场旅行让她灵感迸发，写下一系列饱含诗意的散文，最初的原稿是不加标点的内心独白，之后又采用更常规的格式加以润色，最终以《写在西班牙》为题集结成册。这是一本趣味横生的小书，不仅极富文学性，也饱含传记色彩，从未正式出版：皮扎尼克为出版它所做的唯一努力是把它完整地收录在自己1964年编纂的文集里，正因如此，这些文本才没有丢失。游记的内容有少许虚构：小车是天蓝色的，驾驶员是个男人。

那些年里，她不断在各种杂志上发表诗歌和文章。后来集结为《狄安娜之树》的篇目最早散见于《南方》《诗歌=诗歌》《南方文件》（来自那不勒斯）、《新闻简报》及《皮克之犬》，费尔南·维尔赫森主编的《阿根廷现代诗歌》、胡安·卡洛斯·马特利的《阿根廷新诗选》及塞萨尔·马格里尼的《十五位阿根廷诗人》等选集中也有收录。后来结集成《工作与夜晚》的那些诗文，一部分发表于上述杂志，其他见于加拉加斯《共和国报》的文学副刊、罗马的《当前时刻》和《维克托》—— 这是巴黎的一本西班牙语杂志。

1962年11月，布宜诺斯艾利斯，皮扎尼克的第四本书《狄安娜之树》由南方出版社出版，收录了“1960年至1961年写于巴黎”的诗歌。由奥克塔维奥 · 帕斯所著的序言落款是1962年4月，由此可见，该书最终完成于它出版的那一年。《狄安娜之树》聚合了皮扎尼克大段的诗意年华，由38首极其简短的小诗组成，只有编号，没有题目。书名是偶然的拾掇，简直再合适不过，这也是她唯一一个纯粹原创的书名（除非它也引用自某个未知的来源，仔细一想，也是有可能的）。书本身也很漂亮：凭借合适的材料及巧妙的页面设计，这本白色的小书优雅至极。这部诗集及随后的两本 —— 也就是说，她的三部核心作品 —— 在装帧上都达到了美学的高峰；而生命最后的那部作品（可以算是遗作）样貌丑陋，这也契合了她在人生最后那段年岁里精神和诗学的双重崩塌。在此有必要提及传说中她对纸张、笔记本和笔的贪婪。那是一种天真的奢侈，是她简朴的生活中唯一的奢侈。当然了，她本人就是奢侈品，是阿根廷文学陈列柜里最后的奢侈品。《狄安娜之树》是她对巴黎生涯的收尾与盘点，也是对生命的重启。在书末，她从此前的两本诗集中节选了极少量的内容 —— 各选了几乎不到两首短诗（事实上，从《失败的冒险》中只选了一首被分为两部分的诗:《缺席》。此前这首诗明显被摒弃了，但皮扎尼克却在某些场合将其保留下来），此外再加上1959年发表在《诗歌

=诗歌》上的一篇作品。

在《狄安娜之树》中，皮扎尼克明显对波奇亚的技巧融会贯通。逻辑在扭曲到一定高度后又重新明晰起来。我们需要又一次借助诗集中的第一首诗作为理想的例子（其实这并不是一个极具说服力的例子，皮扎尼克的诗歌不需要举例）。这部作品构建了一个始于第一首诗的神话，在这个神话体系里，万务都得实现，其他则毫无必要。这是一个依托简洁和完美的神话。书中，第一首诗的唯一标题是数字“1”，接下来是三行诗句：“我已完成从我到黎明的一跃……”如果有人想将它转译成句法–地图表（跳跃多远，主体停留在哪里，何为创造意义的正负值），他们会发现一个非欧几里得结构，超越了感性而又不废止自我书写的冲动。该系列的其他片段也展现出同样的特点。强度已达峰值，主题已经确定，结构如莫扎特的作品一般行云流水。再不能更进一步了。下一本诗集只能是一种尝试，需要奇迹般的成功，将同样的事情做得更好。后来，等她回到布宜诺斯艾利斯以后，又会尝试新的方向和形式，基本都是对长篇幅散文诗的试验。

事实上，这种试验在《狄安娜之树》时期即已开始（那本书里有两三篇散文诗；其实《最遥远的土地》中就已经有了）。她在巴黎期间的诗歌作品呈现在《工作与夜晚》（该书直到付梓前一直名为《幻象与沉默》）中——这是在她回国后不久出版的。除了这些为她赢得声誉的短诗，她还在创作长篇幅的散文诗，几乎总是以“片段”的形式写就。在1964年打算编撰文集的时候，皮扎尼克公布了自己即将出版两本书：《幻象与沉默》和《镜之路》，她将后者描述为“一本未来的散文诗集”。她在巴黎的写作清单似乎完整地记录在一个名为《一部日记的片段，巴黎，1962—1963》的创作计划中。都是简短的诗歌笔记，大多是格言的形式，两三行，少数篇幅更长（但是也不超过一页），总共四十来篇。第一篇，日期为1962年7月10日，内容是：“你所渴求的东西没有名字。没有名字的东西不存在。”最后一篇，日期为1963年9月21日：“写我就是把自己蜕变成文字。我写就是把自己变成一个代词。”（这本日记的节选发表在《诗歌=诗歌》和《新闻简报》中。）

完成《狄安娜之树》后，在当时看来这可能会是一个起点，于是皮扎尼克有了一段合理的愉悦期。在后来的文章中，她谈到“那是一段奇特的乐观时期，《幻象与沉默》中几乎所有的诗都是在这个时期创作的”（即《工作与夜晚》里收录的诗，或者说，就是写于1962年和1963年的诗）。

马格里尼为完成文集《十五位阿根廷诗人》对皮扎尼克进行的访谈恰在这一时期。她凭着当时的乐观主义在1962年做出了回答。后来，她曾两次对自己的回答表示后悔。在1964年出版的文集的附录里，皮扎尼克照实转载了采访，却全盘否认了它的意义：“对本书作者而言，它已经没有意义”。1967年，皮扎尼克回到布宜诺斯艾利斯，在马格里尼的书付梓之前（这本书最终在1968年出版），她找到了校样中会让人觉得自己天性乐观的那一段，把它删了。那段话是这样的：“如果说我承认自己很年轻，那其实是在引据一个不重要的事实。但是，在目前这种情况下，它是很重要的，因为这会阻碍我以多多少少比较绝对的方式谈论诗歌。‘这首先是一项研究’（兰波语）。因此，我正在学习。”

这种乐观 —— 或者说青春 —— 终结于巴黎。皮扎尼克在自己处女作的扉页上就引用兰波点明了这一点：“青春期说不尽的利己主义，勤勉好学的乐观主义 ……”显然，这种状态在她巴黎岁月的最后两年 —— 也就是在创作《工作与夜晚》的过程中 —— 达到了顶峰。在创作《狄安娜之树》的过程中也是如此，她唯一要做的事就是提高自己所写文本的质量，而在某种程度上，她做到了。

那时，人们已经清楚地知道她是一位伟大的诗人，她回阿根廷之后也开始感受到周围人越来越多的尊重。梦想成真，诺言也得以实现。她成了圈子的中心，可是，除了这里，她无处可去，她的自我认同再也没有实现那种伊利亚式的跨越（之后她将说：“我，伟大的跨越”）。被视为乐观主义缩影的青春已然结束。自此，洛特雷阿蒙取代了兰波的位置。

母亲的疾病和手术使得家庭的压力越来越沉重，这终于影响到了皮扎尼克，1963年底，她同意回家。当然了，如果不是已经“回程票在手”，她也不会无缘无故许诺回家。在给父母的信中，她这样解释自己为何无限期延长在欧洲的停留：“我有千万种理由想留在巴黎 …… 自我来到巴黎，我才开始了自身缓慢的成长，如果突然中断，对我来说将会是一场灾难。”她重申自己回阿根廷的唯一目的是探望双亲。与她相识于巴黎、同她一起翻译和写作的友人伊冯娜·波德洛阿[1]在前一年回到了布宜诺斯艾利斯，皮扎尼克想与她再聚首，并推进她们在通信中构想的项目。有了这个愿望的推波助澜，皮扎尼克听从了父母让她回布宜诺斯艾利斯的安排。在1963年12月的几封信中，她透露自己已经开始准备行程，并提到以下计划：为《新闻简报》写文章，为《南方》杂志当译者（翻译伊莎·丹尼森的作品，当时已在法国成功出版，伊莎似乎自认为在用丹麦语写作；还有布鲁诺·舒尔茨的作品，也是新近被翻译成法语，皮扎尼克说她已经开始写一篇关于他的文章），此外还有此前已经开始翻译的伊夫·博纳富瓦。《南方》在1962年刊登了他的几首诗，并附有一篇简短的介绍性文章，如今伊冯娜·波德洛阿在布宜诺斯艾利斯与索菲亚·马菲达成协议，由卡米娜出版社担纲出版篇幅更长的选集。

原本计划4月启程，她却提前出发了。1964年2月10日，皮扎尼克抵达布宜诺斯艾利斯。次日，她动身前往米拉马尔海滩，父母在那里有一处房产。她写信邀请友人前来：伊冯娜（她接受了邀请），西尔维亚·莫洛伊，奥尔加·奥罗斯科。深秋时节，皮扎尼克回到布宜诺斯艾利斯，待在父母位于宪法区的公寓里（第五区蒙德斯·德奥加大道675号），此后四年她都将在此居住。突然之间，返回巴黎的计划荡然无存。在刚回阿根廷的那段日子里，皮扎尼克的信中洋溢着欢欣。这一年，她编了一本最终未能出版的自选集，对过去那些年文体各异的写作内容（诗歌、

[1] 波德洛阿与皮扎尼克相识于巴黎，她将皮扎尼克的友谊视为“我生命中最特别的一段”，后作为编者整理出版了《皮扎尼克书信集》。

散文、思考、日记、旅行随笔）进行了总结，也公布了之后会出版至少两本书。其中一本——《工作与夜晚》（当时的暂定名是《幻象与沉默》）——即将面世。她应该是在这年年底或者1965年年初把稿子交给南美出版社的：这也是她留在布宜诺斯艾利斯的另一个重要原因。然而，在1965年的一封信中，她写道："我正在让重返巴黎成为可能——也就是说，这是不可能的。"破折号后的内容表达出她决绝的屈从。

同年6月，《工作与夜晚》面世，装帧近乎奢华：纸张纯白厚实，粗黑字体排版完美，封面是深蓝色压光的缎面纸板，上面印着一幅小小的罗伯特·艾森伯格的拼贴画。封底是恩里克·莫利纳的推荐语。艾森伯格和莫利纳是超现实主义的忠实信徒。还有奥尔加·奥罗斯科也加入进来，成为这本书的宣传三人组。那个6月，博尼诺画廊，皮扎尼克在新书发布会上作了发言。书的封底上，恩里克·莫利纳写道："她从那些通往具有纯粹的信息价值标签的诗歌的陷阱大门中全身而退。这一切的限制都屈从于她，跟随她的指令。"

这是皮扎尼克诗学成熟之后唯一一本没有收录散文诗的书，包含四十余首短诗，全部都有题目，分为三个部分：第一部分是18首情诗，第二部分是3首童真气浓郁的作品，第三部分的26首则没有固定主题。比照《幻象与沉默》的最后一份手稿后，我们发现她在定稿时删除了两首诗。一首题为《写在梦中》：

夜晚的声响。

词语在夜晚自然生长。

欢乐的诗篇与美好事物的律动

逆向而行。

夜晚，在运行。

另一首，本来可能被安排在全书末尾，题为《为了知晓》:

用牙齿

造了一个孔

在世界这个词上

为了知晓我为何自取其辱

为了知晓我为何写作

将这两首排除在外的原因值得商榷。第一首诗或许是因为第三行含混不明，找不到一个确切的意指。第二首诗则显得过于凄楚，像是在尴尬的气氛中玩弄简单的概念游戏。此外，还有一个显著的修改，是第二部分题为《绿天堂》的那首诗。初版如下:

珍藏纯粹的词语

去创造小小的夜晚

为我的意象和类比

定稿中，此处被简化为:

珍藏纯粹的词语

去创造新的沉默

我们都熟知皮扎尼克对诗歌质量的把控，这样的修改十分合理且在意料之中，一如她素来秉持的“克制”与“剥离”。即便如此，这个修改还是显得意义非凡。“纯粹的词语”由她操纵，充满诗意与威严，是直达精确与简洁的极致之和。在初版中，这样精美的词语宝藏仅被用于创造夜晚那小小的、“阿莱杭德娜式”的变体。而在修改之后，语言被用于创造“新的沉默”，可以说，字里行间有一种废止的意愿，或者是，一种非常隐蔽的自我批评。公认的诗意辞藻组成了一系列空洞的新事物。仿佛从这一刻起，曾经享有盛誉的“沉默”（实际上，它是“纯粹的词语”中最受欢迎之一的那一样）开始有了消极的意味。据传，有这样一则轶事，一年后，当时还是个小伙子的阿图罗·卡雷拉给皮扎尼克带来了自己的处女作《不可言说的阴影》的手稿，她说服他把书名改得语义完全相反:《毋庸讳言的阴影》。显然，她本人在最后一刻重新命名了自己的书可能也出于同样的考虑。《工作与夜晚》不是一个特别好的名字，但她更喜欢这个书名，而不是《幻象与沉默》，尽管原来的这个更好地描述了自己的作品：幻象带有超现实主义特征，而或新或旧的沉默正从词语组合中奔涌而出。

《工作与夜晚》一经问世好评连连，还于次年摘得当时颇具声望的“城市诗歌奖”。皮扎尼克藉此一举跃至她维持至今的传奇地位。对于新一代读者来说，她是独一无二的代表，与任何其他作家都不同。其他被奉若神明的诗人也都有着受人钦佩的才华和作品，而皮扎尼克除此之外还拥有青春，并且，她还将青春转化为绝妙的文本。她是“被诅咒的诗人”最后的化身。和她同类的诗人都英年早逝：如果有幸活到年迈之时，他们的地位恐怕不再如此崇高。尽管被诅咒的诗人这一神话如今已经快过时了，但必须认识到，当时，最新的青年文化正在诞生，两个接续发生的世界仿佛在皮扎尼克这里交汇。那是一个完美的时间节点。再过几年，又是另一种风尚了。

也是1965年，皮扎尼克在墨西哥杂志《对话》上发表了她写过的篇幅最长的文章，《血腥女伯爵》。这是一篇书评，关于超现实主义作家瓦伦丁·彭罗斯写巴托里·伊丽莎白的同名作品（出版于1963年），同时，它也是一篇诗意盎然的评注。超现实主义作家群体从虐恋或罪犯的“神殿”中挖掘了诸多人物（萨德侯爵[1]，吉尔斯·德·莱斯[2]，维奥莱特·诺齐埃尔[3]，兰德鲁[4]），他们是自由的代表，甘愿承担最终的后果。这些自我救赎的故事有尼采式的根源，而巴塔耶[5]用引人入胜的方式深化了尼采的理论。皮扎尼克在文章甫一开篇即指出，尽管对巴塔耶充满敬意，她写

---

[1] 法国贵族出身的哲学家、作家和政治人物，是一系列色情和哲学书籍的作者，以色情描写及由此引发的社会丑闻而出名。他的名字是虐恋（sadism）的部分词源。

[2] 百年战争时期的法国元帅，连环杀童案凶手，他希望借血来发现点金术的秘密，大约把300名以上的儿童折磨致死，后亦因此被施以火刑。他也是西方童话传说中的反派角色“蓝胡子”的现实原型之一。

[3] 法国作家、小说家、评论家和诗人。1950和1966年，他两次被法兰西学院授予诗歌大奖。

[4] 法国连环杀手，绰号“蓝胡子”。他残害了十余名妇女，最后被送上断头台。

[5] 法国哲学家、评论家、小说家，博学多识，思想庞杂，其作品涉及哲学、伦理学、神学、文学、经济学等众多领域。

作此文却意不在此。在信中，她宣称这篇文章是“我第一次——希望也是最后一次——了解虐恋，我不理解，我永远不会理解”。的确，她对人际关系的想法比较平常，认为那就应该是温柔、理解、同志般的情谊。这与她展现出的性格并不完全一致，与她有过往来的人后来回忆起来都提到这种反差，大家记得她良好的举止、对朋友的忠诚、严肃羞怯的温柔、可敬的细心，这些都是她身上非常真实的美德，但并没有超出一个有文化、受过良好教育（在当时）的人应有的样子。然而，当这些特质集中在一位悲剧性的杰出艺术家身上时，它们就被笼罩在一种奇迹般的光环中。

《血腥女伯爵》的诞生同其他文章一样，应该是出于经济上的需求。但行文中旁逸斜出、偏离主题的部分完美呈现了她对自身人格的塑造，恐怕也正因为如此，这篇书评被视为她的个人小传广为流传。整篇文本的主体由版画或微型舞台场景组成，强调视觉表现，依托一个外在且神秘的解释，或假装可信的东西（虐恋——“我不理解，我永远不会理解”）。因此，主人公——另一个“阿莱杭德娜人格”——成了一个服从神秘指令的机器：一件因诗歌而享有盛誉的装饰品，从某种意义上说，她在诗中成就了自我。这也使得文章的结尾意味深长：“这更加证明了人类这种生物一旦获得了绝对自由将是可怕的。”那将不是自由，而是自由的对立面，这正是它的可怕之处。这就是皮扎尼克用生命和作品创造的人格，大约也是从这时起，她开始痛苦地凝视这个人格。在她看来，那个神秘的动机不是虐恋，也不是变态，甚至不是如此令人恐惧的疯狂，而是“诗歌”——它已被神话化，带有不可预知的力量。

1966年1月，皮扎尼克的父亲在米拉马尔突发心脏病去世。她的母亲此后两年深受抑郁折磨，不得不接受治疗。皮扎尼克也重新开始接受精神分析，较之上一次，形式上更专业也更松弛。这次，她的精神分析师是做知识分子比当医生更有声望的恩里克·皮雄·里维埃。后来发生的一系列连续的事件让人不免有些诧异。皮雄·里维埃是第一个（奇怪的是，也是唯一一个）对乌拉圭的迪卡斯[1]家族进行系统研究的人；他把研究结论发表在自己和佩莱格里尼及埃利亚斯·皮特博格共同主编的超现实主义杂志《循环》的第二期（1949年）。后来那些研究皮扎尼克的人总是肆无忌惮地将作品与现实混为一谈，而皮雄·里维埃的临床试验也是如此。而在现实世界里，皮扎尼克对安非他明和安眠药等药品的滥用已濒临失控。

1967年一整年，她仍和母亲同住在位于蒙德斯·德奥加大道的公寓里，为杂志写稿更为频繁了，这成为她唯一且恐怕十分微薄的收入，母亲则接管了家族的珠宝销售业务。她的姐姐米里亚姆结婚很早，孩子都已长大成人。在这一年，皮扎尼克写出了一系列精心创作的文章，有的发表在《南方》和《国家报》的文学副刊上，也有一些外国杂志，比如委内瑞拉的《自由区》——她主要为这份杂志提供关于阿根廷作家（比如：博尔赫斯、马列亚、华罗斯、希里、胡安·何塞·埃尔南德斯）的报道。她写这些文

[1] 迪卡斯就是出生在乌拉圭的法国诗人洛特雷阿蒙的姓。他对超现实主义写作产生了重大影响。

章，除了经济原因，也是作为对友谊的回馈（她写了科塔萨尔、奥克塔维奥·帕斯、芒迪亚尔格、西尔维娜·奥坎波），只有一篇文章是不在此列，那就是《重解娜嘉》，写的是她最喜欢的一本书[1]。皮扎尼克在这篇文章中充分阐述了自己喜欢《娜嘉》的理由。布勒东笔下的那个角色甚至不是一个小说式的创作，而是一场城市中的邂逅，天然的艺术品[2]，在作家的梦游中，娜嘉再次成为可以负载所有隐喻的傀儡。傀儡拥有眼睛，这让它在没有生命的意象和无法解释的意志冲动间变得面目模糊。

她这一时期的诗歌中充斥着人格的双重性，凝视-图像，威胁性的视觉扩散等主题。而波奇亚及其逻辑扭曲结构曾经是她那些独特短诗的基础，如今却被搁置一旁。她旅居巴黎时便承诺会写的“诗意散文”《镜之路》仍未完成。就这样，在种种尝试中，在不断向其他写作形式过渡的过程中，她接下来的诗集《取出疯石》诞生了，1968年10月由南美出版社发行。这本书开启了一个新的书系，也是她所有作品中装帧最特别的一本。与之前那本光华夺目的奢侈品不同，这本书看起来十分低调：小巧，方正，内芯是打了孔的淡黄色纸张，封面用了薄薄的硬纸板，散发出奇特的光彩。封面上的插画来自一本关于女性教育的旧书：一个头发和指甲都长得不成比例的女童模特，一把剪刀和一把梳子飘浮在旁。封底是芒迪亚尔格的一段文字，节选自一封信，皮扎尼克和时任南美洲出版社主编的恩里克·佩佐尼将这段话精心地翻译

[1] 这里指超现实主义作家安德烈·布勒东的作品《娜嘉》。

[2] 原文为法语 objet trouvé，指偶然发现并被认为具有艺术价值的物品。

了出来。芒迪亚尔格谈到皮扎尼克的诗时说："Je les aime"，翻译过来就是"我对它们有爱"，当被问到为何要说得这么拐弯抹角时，他回答说是为了保留"爱"的语感——"爱"这个词已经因法国人的滥用而大幅贬值："他们甚至会说他们爱牛奶咖啡。"

《取出疯石》获得了无数赞誉，还引发了有关革新和开启全新时期的讨论。书中主要是短小精悍的散文，诗人尝试用极富暗示性的标题将它们的主题统一起来。全书分为四个部分，对应不同的创作年份，依次是：I，1966年；II，1963年；III，1962年；IV，1964年。第三部分是年代最为久远的《镜之路》，经过严格的筛选和精简，她收录了在巴黎时以此为题写下的部分内容。第四部分则由三篇长篇散文组成，每篇都有一个异常醒目的标题。如果想要洋洋洒洒地写作散文，像小说或随笔那样无尽发散的散文，那么平庸的禁忌就会对它产生负面影响，阻止它传递必要的信息。这些长篇散文经过不断打磨和强化，达到了超人的程度，又变成了皮扎尼克式的短小且毫无逻辑的诗歌，这种变化速度常人无法察觉，效果非同寻常。不过，它们并没有开辟出全新的可能性，因为这是一个不可重复的实验，是一个连作者本人都没有再重复进行的实验。在那以后，她再想拓展写作边界的时候，尝试的是拼贴和改写。

如此微小封闭的诗意核心的积累，再次表明了皮扎尼克的全部诗歌作品都具有惊人的一致性，不仅是与诗人本身一致，也与这些诗歌诞生的背景一致。在阿尔多·佩莱格里尼1928年为阿根廷第一本超现实主义杂志《什么》所写的开篇社论中，我们可以找到对此的绝佳定义:“自我辩护:生命由一种非凡的向心力自我吸引。”

在此期间发生了一些大事。其中最重要的是母亲用父亲留下的钱在布宜诺斯艾利斯市中心购置了一套公寓送给她:蒙得维的亚大街980号,7楼C号门。爱八卦的读者早就注意到《取出疯石》的献词(“献给我的母亲”),这是皮扎尼克生前出版的作品中唯一一次提到家庭成员,表达对母亲给予她独立的感激。那是一个两室一厅、没有外窗的小公寓,缺乏日光,不过鉴于其户主的夜行习惯,这对她来说完全不是问题。在同一条街的拐角,有一家名为“天鹅”的咖啡馆,全名是“蒙得维的亚天鹅”。客观的偶然性再一次显灵了。皮扎尼克的社交生活频繁得近乎狂热,这个地方成为各种年轻诗人的聚会场所,几乎是个朝圣地,她的社交范围越来越大。

另一件大事,是她在1968年7月获得了前一年申请的古根海姆基金会的资助,金额丰厚。申请时她的用意是重返巴黎并写一本书,她因此获得了这笔奖金。要是放在一两年前,她会毫不犹豫地实现计划,而现如今,她在布宜诺斯艾利斯有了自己的公寓,青春时代那种“勤勉好学的乐观主义”早已不复存在,这个行程对她不那么有吸引力了。另外,奖金合同还要求她到访美国。那次旅行的准备耗时数月,她在给伊冯娜·波德洛阿(当时在哈佛大学读研究生)的信中记录了自己的恐惧如何一步步加深。她没有通过旅行社预订酒店,一些偶发又恼人的安排让她无助地迷失在纽约的夜色中,无法表达自己的需求(她一句英语也不会),

找不到任何她需要的东西，只能任由犯罪分子一般的出租司机摆布。对她而言，唯一的安慰是能在著名的美国文具店买到漂亮的本子。除此之外，她还购买了一台精致的便携式花体打字机，在生命中最后的岁月里，她一直使用它。

1969年3月3日，皮扎尼克终于登上去往法国的飞机。两个月后，她回到布宜诺斯艾利斯。整个旅行几乎成了一场不折不扣的噩梦，她在信中试图用各种看似合理的理由向朋友们解释自己为何没有去拜访他们或给他们打电话。据信中讲，她在纽约待了二十多天，受到失眠和哮喘折磨，由于没有处方，她买不到镇定剂，还不住地担心某种官僚主义意外会让她无法离开这个国家。她从纽约飞到巴黎，据说按原计划在那里找了一个地方住下。老友重逢，十分开心，但相见之后，也没有什么可做的。“经过这么多珍贵的相遇，我决定投身工作，让人难受至极（没有浴室）且昂贵的公寓让我想起了自己空荡舒适的公寓，它还在等着我。”带着这个合理的说明，她结束了最后的旅程。

从她的信中我们得知，在这年的7月到8月，皮扎尼克令人惊叹地仅用时九天就写完了剧本《丁香丛中的疯人》。这是一部三轮车版[1]的《等待戈多》，是她众多失败的拓展练习中的又一个。这一次，她尝试了拼贴，采用了探戈歌词，效果却都不尽如人意（初版草稿里，出自探戈的引文几乎完全不间断，后来删掉了不少）。这部独幕剧的剧本一直没有发表，直到1982年才终于出现

---

[1] 剧本中人物的道具是几架三轮车。

在她那本备受好评的遗作《影中文稿与最后的诗》（由安娜·贝丘和奥尔加·奥罗斯科编纂）中。除了拼贴，最引人期待的是她对刘易斯·卡罗尔的《爱丽丝漫游奇境》进行的改写。这项工作一年前就开始了，她完成了两个故事：《戴蓝面具的人》和《准时与不准时》。前者在西班牙和阿根廷的杂志上都发表过，采用了原故事的开头——也就是女孩掉进兔子洞；后者则发表在《南方》杂志上，以更大的自由度续写了疯皇后的情节。这让她产生尝试写一本小说——《伯南布哥的海盗》或《多面手伊尔达》——的动力。在接下来的几年里，她断断续续地继续着这样的创作，执拗地不屈从于平铺直叙，意在用精炼的幽默和文字游戏替代陈旧的、诗意澎湃的激烈表达（这些仅能在短诗中产生效果）。不得不说，对待写作，皮扎尼克是尤为严肃的，她生性爱笑，与人交谈也风趣幽默，但她的性格、写作风格和经历与这样的风趣是相悖的。

1969年9月，《名字和音符》在西班牙出版，这本新诗集的内容几乎全部收入了皮扎尼克的最后一本书《音乐地狱》（出版于1971年）。和《取出疯石》类似，最后这本书几乎全是散文诗，没有前一本那么长，更多的是从自由独白中随意抽取的片段，令人着迷。这些文字的主题悲戚，残酷，又充满仪式感。纸面上有很多残缺的音符，没有声音，彼此间也没有衔接。不断重启的话语造就了一种剧烈而又无能为力的氛围。家具摆设尤为童真，一个又一个被肢解的洋娃娃。在她拒绝书写虐恋（创作这类主题作品，虐恋本可以是叙事上的一个选项）的那一刻，整个舞台抑或幻象开始向她逼近。与此同时，个中隐喻也更为强烈，读者能感受到文字本身表达的内容与它们真正谈论的事物是不一致的。甚至一开始作为中心对象而存在的“诗”也被“歌”所取代。仿佛已不再有纯粹诗意的作品，只有对精神纹章——绝望、深夜、苦痛的状态——的反复吟诉。

这就是皮扎尼克全部的故事了。在她生命的最后三年，伴随她的是过量的安眠药和医院精神科的病房。在清醒的间隙里，她也曾试图找个工作：“我可怜的母亲把爸爸留下的钱都给私吞了……”她死在1972年9月24日至25日之间的那个夜晚。在最后阶段的诗歌里，她的镜像自我被一个女性威胁——那是同一个人物，站在青春、天真，乃至理智的对岸：是农家女面前邪恶的女伯爵；是爱丽丝面前疯狂的皇后。她是双重人格的最后化身，《音乐地狱》里有一行佳句记录了这暗黑的存在：“你在另一边太远以致我把你混同成我”（在这里，我们看到了她持续地运用着从波奇亚那里学到的逻辑扭转结构）。关于这个“你”，我们不免猜测是否也映射了她的母亲的形象；而在现实中，罗莎·皮扎尼克——这位“可怜的母亲”——回来照顾女儿，陪在她身边直到最后。有一次，皮扎尼克在医院里洗完胃，从数日的昏迷中醒来，露出微笑，在意识还没完全恢复的混沌中，她听到收音机里讨厌的足球赛转播，音量还开到最大，她大喊：“把那广播关了，婊子养的！”一个声音从旁边的床上传来，“太粗鲁了！你母亲就是这样教你的吗！”她从来未能与自己独处——尽管在诗中她总是孤单一人——母亲始终在场。

跋

本书的写作主要基于我的记忆，此处还参考了文中提到的阿莱杭德娜·皮扎尼克的著作，以及如下作品：

《皮扎尼克书信集》，伊冯娜·波德洛阿著，塞克斯·巴拉尔出版社，布宜诺斯艾利斯，1998年。

《阿莱杭德娜·皮扎尼克》，克里斯蒂娜·皮尼亚著，行星出版社，布宜诺斯艾利斯，1991年。

《作品大全：诗歌全集和散文选》，阿莱杭德娜·皮扎尼克著，克里斯蒂娜·皮尼亚编，修正者出版社，布宜诺斯艾利斯，1994年。

这三本书都不完备，各有欠缺。在我写作本书时，收录了诗歌、文章及日记的真正意义上的全集尚在筹备之中，但愿她的阅读笔记和书信将来也能得到整理，也希望研究人员能接触她其余的文件和手稿。只有这样，我们才有可能真正开始研读这位20世纪50年代至60年代在阿根廷和拉丁美洲文学史上占据重要地位的人物。本书只是抛砖引玉，仅旨在向新读者介绍这位诗人和她曾存在过的世界。

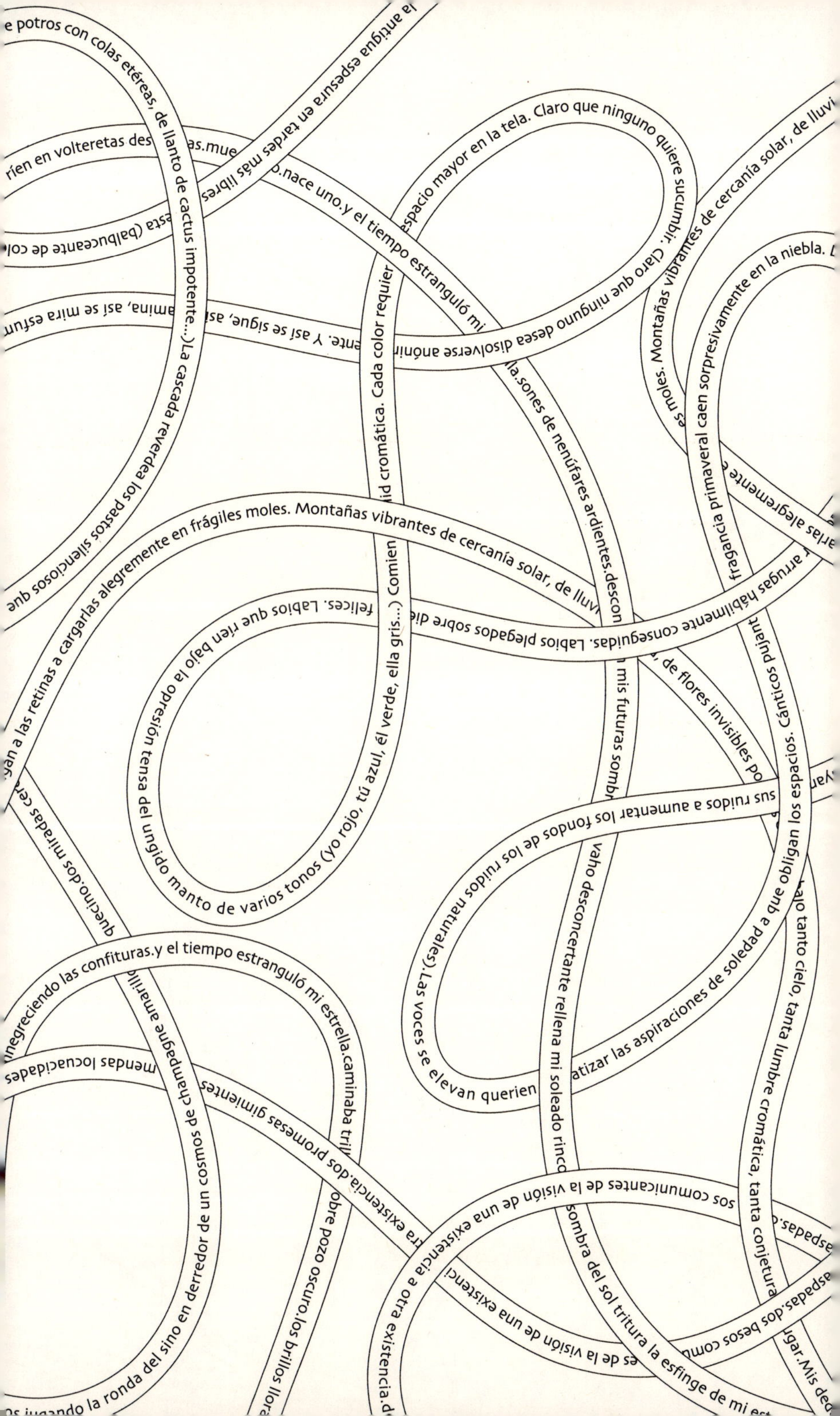

皮扎尼克作品选

诗歌

选自《狄安娜之树》

1

我已完成从我到黎明的一跃。

我已留下我的身体在光的旁边

我已唱完所诞生之物的悲伤。

3

只有渴

沉默

没有任何相遇

当心我，我的爱

当心沙漠里安静的女人

捧着空杯子的女旅人

和她的影子的影

5

短暂存活的一分钟里
唯一睁着眼的女人
在一分钟里看见
脑海里小朵的花
跳着舞像哑巴嘴里的词语

7

穿燃烧的衬衫跳
从星星到星星。
影子一个接一个。
爱着风的她
死于遥远的死亡。

8

点亮的记忆，我等的人的影子
在长廊里徘徊。
他不真的会来。他不真的
不回来。

9

这些暗夜里发光的骨头，

这些像珍稀石头的词语

在一只石化的鸟活着的喉管里，

这深爱的绿，

这灼热的丁香紫，

这唯独神秘的心。

10

一阵脆弱的风

鼓满对折的脸

我剪出我爱的物品的样子

11

现在

这个天真的时刻

我和曾经的我坐在

我目光的入口

13

用这个世界的词语解释
这个世界从我发出一艘船带走我

14

我没说的那首诗，
我值不上的那首。
害怕一分为二
通往镜子的路：
有人睡我体内
食我饮我。

19

等看见
在我纹上的眼睛里的眼睛

21

我已出生这么久
在此处和彼处的记忆里

双倍受苦

23

排水沟里的目光
可以是世界的一场幻觉

反叛是望着一朵玫瑰
直到眼睛粉碎

24

（一幅沃尔斯的画）
这些线条囚禁影子
迫使它们开出沉默的账单
这些线条用目光捆住啜泣

28

你远离那些名字
纺起万物之沉默的名字

37

任何禁区的彼岸

都有一面镜子照出我们透明的悲伤

38

这首忏悔的歌，我的诗背后的瞭望塔：

这首歌拆穿我的谎，塞住我的嘴。

选自《工作与夜晚》

诗歌

你选择伤口的位置
我们在里面说我们的沉默。
你把我的生命做成
这场过于纯粹的典礼。

启示

夜里在你旁边
词语是密码，是钥匙。
死的是欲望是国王。

愿你的身体永远是
用以启示的亲爱的空间。

毁

……于吻，而非理智
克维多

藏起我躲过词语的战役
熄灭我本质身体的躁动。

启明人

当你望着我
我的眼睛是钥匙，
墙有秘密，
我的恐惧有词语，有诗。
只有你把我的记忆做成
一个沉迷的旅人，
一团不竭的火焰。

相遇

有人走进沉默抛下了我。
此刻孤独并不孤单。
你说话如同夜晚。

你宣告到来如同渴。

你的声音

埋伏在我的写作里
你在我的诗里唱。
你甜蜜声音的人质
石化在我的记忆。
鸟扣紧爪子逃亡。
空气里纹着一个缺席的人。
时钟和我一起跳动
为了永不醒来。

被所渴望之物环绕的地方

当它真的到来我的眼睛会闪动
我为之哭泣的那个人的光
只是此刻它呼出逃离的动静
在万物中心。

童年

草原在马的记忆里

生长的时刻。

风以丁香之名

宣读天真的讲演，

有人睁着眼睛

走进死亡

像爱丽丝在已见之物的国度。

灰烬指环

——致克里斯蒂娜·坎波

我的声音在唱

为了不让他们唱，

那些灰灰地在破晓被封住嘴的，

那些穿成鸟在雨中荒芜的。

等待中，有

丁香气味的声响破裂。

白天到来的时候，有

太阳分裂成黑色的小太阳。

入夜以后，总有，

一整个部落的残缺词语

在我的喉管里寻求收容，

为了不让他们唱，

那些阴晦的人，那些掌管沉默的主人。

黎明

赤裸地梦见一个白夜。
我长眠动物的白天。
风雨抹去我
像抹去一团或，抹去一首
写在墙上的诗。

钟

小小贵妇
栖居在一只鸟的心脏
破晓时出来发一个音节
不

存在之物的心

最悲伤的午夜
别把我交给
不洁的白色正午

庆典

我把我的孤伶展在
桌上，像一张地图。
我绘制路线
去往我迎风的住处。
到达的人遇不见我。
我等的人不存在。

我喝下暴怒的烈酒
为了把那些面孔变成
一个天使，变成空杯子。

单人房间

假如你敢撞破
这堵老墙的真相；
它的裂缝，扯破的洞口，
组成面孔，斯芬克斯，
手，漏刻，
一个解你渴的存在
很可能会来，
这个饮尽你的缺席

也许会离开。

呼祈

坚持在你怀里，
加倍你的暴怒，
在我与镜子中间
创造伤害的空间，
我和我以为的我共同
创作一首麻风之歌。

从另一边

年与分钟做爱。
雨中绿色面具。
淫秽彩窗教堂。
墙上蓝色印迹。

我不认识。
我认不出。
黑暗。静默。

选自《取出疯石》

女夜歌人

乔，把旧年夜晚做成歌……

死于她的蓝衣的女人在唱。向她醉意的太阳充满死亡地唱。她的歌里有一件蓝衣，有一匹白马，有一颗绿心纹着她死去的心跳动的回声。她暴露在所有堕落面前唱，身旁是她自己一个迷路的小女孩；她的好运护身符。尽管唇间绿雾眼底灰冷，她的声音腐蚀口渴与摸索杯子的手之间敞开的距离。她唱。

——致奥尔加·奥罗斯科

眩晕或凝视什么的终结

这朵丁香自己剥掉花瓣。

从她本身落下

掩藏她旧日的影子。

我要诸如此类地死去。

凝视

惊恐的形态都死去再没有一个外面和一个里面。没人聆听那个地方因为那个地方不存在。

以聆听为目的的他们正在聆听那个地方。夜在你的面具里闪电。用乌鸦的叫声穿透你。用黑色的鸟群锤击你。敌对的颜色汇集于那部悲剧。

为掌管静默之断章

一

语言的力量是悲痛、独自的女人，我从远方听见她们透过我的声音唱。而远方，那片黑色的沙地上，长眠一个小女孩密布祖先的音乐。哪里有真正的死亡？我想用我对光的缺乏照亮自己。病兆死于记忆。长眠的她戴着母狼的面具寄居我体内。她受不了了求来火焰我们一起燃烧。

二

当语言的房子的瓦顶掀飞，词语不再庇护，我说话。

红衣女人在面具里迷路，虽然她们终将回来在花间啜泣。

死亡并非无声。我听见服丧人的歌声当他们缝上沉默的裂缝。我听见你最甜蜜的恸哭在我灰色的静默里开花。

三

死亡已向沉默复原它沉迷的声望。而我还没说出我的诗，我得说出来。即使这首诗（此时，此地）没有意义，没有终点。

魅

那些女人穿上红衣为我的痛苦用我的痛苦在我呼气之间消耗自己，她们被抓住像我后颈最内侧的幼蝎，红衣的母亲们吸走我用几乎从不跳动的心脏给予我的唯一热度，我永远要独自学习喝水吃饭呼吸该怎么样做没人教过我哭泣将来也不会有人哪怕是那些高大的女人沾着我呼吸中微红唾液的衬布和漂浮在血中的面纱，我的血，只有我的，我曾勉力得来而今她们来喝我的血此前她们已经杀了国王他漂在河上动了动眼睛微笑但是他已经死了当一个人死了，尽管微笑还是死的，那些高大的、悲痛的红衣女人已经杀死去往下游的人而我留在这里作为被永久占有的人质。

延续性

别用事物的名字命名它们。事物有锯齿状的边界，淫逸的植物。而在房间里说话的人长满眼睛。谁用一张纸嘴噬咬。到来的名字，戴面具的影子。治愈我于虚空 —— 我说。(光线在我的黑暗里相爱。我知道从未有过一个时刻我遇见自己说出：是我。) 治愈我 —— 我说。

选自《音乐地狱》

“手中的冷”蓝调

那你要说的是什么
我只是要说点什么
那你要做的是什么
我要藏进语言里
那是为什么
我恐惧

音乐地狱

用许多个太阳击打
这里没有什么和什么交配
关于埋着我记忆的锋利骨头的墓地里多少死去的动物
关于急于在我两腿之间翻弄的多少乌鸦一般的修女

“碎片的数量撕裂我”[1]

不纯的对白

词语一次绝望的自我投影

放走她自己

正溺死于他自己

记号

一切都与静默做爱。

我被允诺了一个像一团火的静默，一个房子的静默。

突然神殿是一个马戏团，光是一面鼓。

从另一边

音乐落进音乐像一只沙钟。

我在长着狼牙的夜里悲伤。

音乐落进音乐像我的声音落进我所有的声音。

面具与诗

一次次童年巡礼朝向的堂皇纸宫殿。

[1] 此句为皮扎尼克对勒内·夏尔的一句法语诗的西译，她曾将这行诗的法语原文摘抄在她命名为“词汇宫”的本子上。

日落时一个女杂技演员被放进笼子带去一间塌陷中的神殿留在那里独自一人。

完全失去

魅惑源自一首不写给任何人的诗全新的中心。我用声音背后的声音说话，发出唱悲歌的女人神奇的音。一道蓝色的目光环耀我的诗。生命，我的生命，你把我的生命做成了什么?

其他

欢愉

某物坠于静默。来自我身体的一丝声响。我的最后一个词是我，但我指的是黎明。

万丈光明。

悲剧

狂风呼啸，洋娃娃的眼睛被吹得沙沙作响，一会儿睁开，一会儿又微微闭上。我在三角形的小花园，跟我的洋娃娃还有死亡一同饮茶。那位身着蓝衣的女士是谁？她有着蓝脸蓝鼻子蓝嘴唇蓝牙齿蓝乳房和金乳头 —— 她是我的声乐老师。那位穿着红色天鹅绒的女士是谁？她脸似站立，散发出声音的颗粒，将手指放在白色珠母贝的矩形键上，手指落下，发出声音，都是同样的声音 —— 她是我的钢琴老师，我确信在她的红色天鹅绒下，她什么也没穿，浑身赤裸，脸似站立，她必定在每个星期天骑着一辆巨大的红色三轮车，用双腿紧紧夹住座椅，越来越紧，就好像要三轮车进入她的体内，直至消失不见。

献给长眠者的歌

有着七张脸的隐身人整日为我哭泣。无罪之人困于刑讯室。

在他走后新生的人。

长眠者整夜将我梦见。突然间，心爱之人一动不动地笑了。于我之恶的挽歌是他的葬礼梦想。

对你说

——献给H.M.[1]

我害怕。

我最担心的事发生在我身上。我并没有身处困境：

我再也没有力气。

我没有离开虚空和沙漠。我生活在危险之中。

你的歌没能帮我。越来越多桎梏，越来越多恐惧，

越来越多黑色阴影。

---

[1] 这里的H.M.可能就是前文提到的名字出现在一首绝美诗歌的献词里的克里斯蒂娜·坎波。他是阿根廷作家、散文家、小说家、诗人和翻译家。他写了大约20本各种文学体裁的书，是《南方》杂志和《国家报》文化副刊的定期撰稿人。是德国思想在西语世界的一个重要传播者。

散文

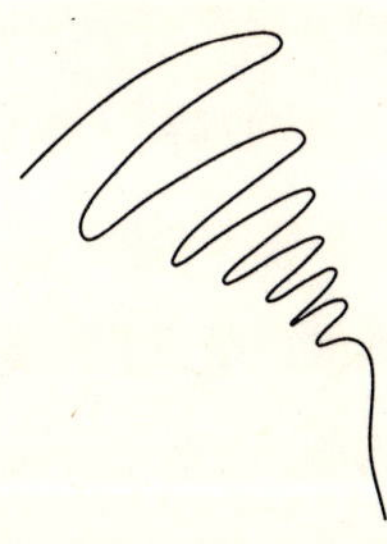

写于西班牙

圣地亚哥·德·孔波斯特拉

他们带来了圣徒的遗骨，带来了圣彼得的手，把这只手安放在另一只白色手上，从一件红色长袍里伸出来。人们鼓着掌；黑衣老妇流泪，牙齿掉光，浑身颤抖，骨头交错，眼睛在她的脸上绽放，像花一样绽放，天蓝色的眼睛（长袍红色，圣骨银色），以那只圣洁之手为名哆嗦地颤抖着，那只神圣之手，那只即将馈赠、曾经馈赠或者本该馈赠的手。

夜晚我们在窗沿上对着与酒店餐厅相接的院子里的那些影子大笑。一把餐刀的影子。一把餐叉的影子。一只鸟的影子。一只手把一把餐叉的影子举到嘴的影子旁边的影子。我们笑着这些影子，你的眼睛填满笑意，你的手，夜晚，我的夜晚，你的夜晚，夜晚，天哪，全都这样陌生，夜晚。

圣地亚哥

敞开的目光是一口棺材，一个献祭的地方，施舍树木和山谷，施舍乞丐和唱歌，只有一只手的吉普赛人，吹风笛的男人 —— 他不停颤抖的脸，幻觉重重的眼睛，在文字广场叫喊着“不，不，不”，三个黑衣老妇望着我

—— 穿那么一条裤子怎么才能知道是个小女孩还是个小男孩

—— 女士 —— 我说 —— 我看看自己双腿之间就知道

—— 晚上我喝苦艾加白兰地；晚上我喝阳光与阴影。甜美的小姑娘这样说，告诉你她怎样在半夜唱歌，喝下阳光与阴影的方式不同于苦艾加白兰地：太阳的全部秘密，阴影的全部秘密，震动的全部秘密 ……

假如我死在这里 …… 请把我埋进你的眼睛。全世界的歌为你而写，全世界所有的鸟都在说爱。

圣地亚哥 – 大教堂

大教堂。一个个大天使，冷天使。朝圣者的手指在大理石柱上放了多少个世纪，如今都有五道缝隙供我的手指伸进去（昨夜我梦见我对她说：你有大理石般悚人的颜色）。唱诗班的男童歌唱，声音上升到高处，那里听说有人在听。闭上眼我看见一朵云呈现黑衣女人的形态献祭一头死去的小兽，小兽曾经甜美曾经柔软曾经干渴。

当圣乔治在想象中抬高马蹄在被斩断的破碎头颅上方来回摇晃，小兽仿佛还在受苦。当圣乔治远离割下的头颅脸上痛苦，小兽仿佛还在受苦。

圣地亚哥之夜

一间石头教堂，夜里开放的时候，展露出一间火焰教堂，光布满瞬间：

玫瑰色光枝，

绿色光枝，

丁香色光枝，

蓝色光枝，

玫瑰色，

绿色，

丁香色。

在雨中。

当绿色火圈爆裂鲜活地拥抱蓝色火圈鲜活地拥抱丁香色火圈。雨里的黑色造物 —— 所有人等待那样东西。雨水落在我们身上而火焰还有几秒时间震颤，噼啪，起舞。

当雾气中天真的生光突然以圣雅各之名弓身爆发，花园里受到惊吓的孩子中间，我明白了在雾气中（天真的光）我不可能懂得当灰色浑浊的暴雨浇下的时候花园里那个被惊吓的小女孩本该明白的生光。

雾气里的造物——所有人等待那样东西。凝望人造的火焰，深深地说话，在洞口尖叫，宣告有什么东西在雾气中爆裂。最终，一个提议或者什么，像一句也许甜美也许不详的回答，或者什么，像来自最纯粹外界的声音。

只是风中或雾中或雨中的一小声爆裂不能平息不能合上伤口。

钟声合不上一道伤口。钟声合不上一道伤口。圣地亚哥的夜晚。旅店花园里雨缓缓落下。我去看火－她说－和那些从很远地方前来成为在场身体的黑衣人一起（广场被火光照亮，越来越快地点燃，因为大雨阻止了它正常的张开、发展与死亡）。是的－我说－去吧，去吧，去吧（觉得自己，总是这样，在被遗弃的正中心）。我看见她的眼睛，在被突然刺眼的黑暗截断的光芒里。我看见她的眼睛，在风暴的声响里，在燃烧得像异常短命的飞鸟的颜色里。让她走吧－我对自己说－我不预感，不尝试，不理解。别丢下我－她说－别流放我。至高的、纯粹的遗弃。我呼唤我小小的遗弃人。消失之前我看见她不理解的眼睛。我脸上颤抖的表情，为了郑重其事地在不知谁被遗弃的夜里哭泣。

圣地亚哥－莱昂途中

那只有一次日落的。那只有唯一一次遗弃动作的。看见过玫瑰色的云，一朵焚毁的玫瑰；灰色的玫瑰，一朵虎视眈眈的燃烧的玫瑰。后面，绿色和金色。如此光亮。追随着灰色、玫瑰色、绿色的云，尤其是闻起来的金属香气仿佛燃烧的玫瑰。死亡之口里炙烧的玫瑰。圣地亚哥与莱昂之间不平等的日落。我感觉我诧异女人的脸在云的边缘。B笑了。他开着车望向四面八方只是不看路。要是她忘了方向盘，忘了刹车。一米的遗忘，就是一张漂亮图片：男孩女孩坐在蓝色深渊上方。死亡之口里炙烧的情人。我确信他是天蝎。但是我不想催促我们。于是，哪怕是今天的云也不可能安慰我。不过，什么人会寻找安慰呢？我要来说说生命，先生们，我要来说说生命。夜里所有被遗弃的人。他的呼吸，他完美的沉默。死亡之口里的我，庄重而经久地从事我的职业：做被遗弃的白痴。不过我心里有个新的秘密，害怕滚走。在埃斯科里亚尔，我完全像一个白痴面对博斯的三联画（赝品）哭泣，乞求，是的，乞求它告诉我我已没有理智（仿佛我很在意有理智），当它在美妙的云下告诉我这些云也不能帮我不想去死。还有对曾经想过给这些云写首诗的恐惧。这是肮脏的。B平静地看着。B不写作。所以，他不觉得自己是红色落日的主人。现在你的确有一张诗人的脸－他说。我恨自己。但是我想着那首诗无疑是为了让它延展在我的脸上，为了让诗的计划和我的脸成为爱的滤镜（墓园的血色大地，风筝的唾液，云雀的水流，哑巴天使的光环……）太阴沉了。

迫近。眼睛遍布闪烁，却不是星星，没有自己的光。不够安抚两只眼睛。眼睛把宝藏存在哪里？我的眼睛里不竭的欢宴，喉咙里只有灰烬的星期三，不，到安息日了，赤裸的人们跳舞，整夜嚎叫，整个夜晚都粗暴，可怕，乱石，岩石，裂缝，抓开的伤口，

我词语的荒野，我发源地的荒野，入夜了，跳舞，沿着围墙行走，在我的喉咙里跳舞，渎神咒骂，眩晕，要是你知道我不

当他用他的声音说话，在桑蒂亚那·德·玛尔附近的海滩上他的声音。我的性别里拍动如富恩特米拉诺斯的荒原在拍动的黑色翅膀下面（我在他的身体上像一只唯独受伤的鸟）。所有他声音命名的东西都是我爱的理由。（那些东西伸长影子，把利爪埋进我的喉咙。）

那只有一次日落的。为了能望见云，我预先沉思我的自杀。为了能爱上云，我最后的夏天，我最后的厌倦。

埃斯科里亚尔

埃斯科里亚尔腓力二世学校活动厅的十八世纪宗教音乐会。坐下来的时候我就陷入修辞白痴主义危机。我应该仔细听这场介绍十八世纪圣乐的讲座－我对自己说－因为这场讲座显然会用无可置疑完美纯粹的西班牙语，而语言学角度退化至此的我，是的，我将审视地去听，好知道怎么把词语安放在句子里，用什么方式发音读出这些词语……女歌者出现了，她自己来朗读演讲。她说了一些类似：曲中优雅真实的情绪超越我们所不能理解的，境况不同于我们自身的意志，就无法实现对主题的竭力阐释……在她结束这巨大的小演讲之前，坐在我们旁边的一个很胖的德国女人忽然开始用扇扇子惹是非－用手里的扇子当面寻开心－发出西部牛仔片里主人公还很远看不见但是哒哒哒一点点靠近靠近的

小马慢跑的声音，埃斯科里亚尔的女士们，村庄里的贵族，都回头看这个女人而不敢发出一句斥责、一个评判的手势活着一个微笑。胖女人像是什么都不知道得继续哒哒哒直到我忍不住笑出来（B也笑了不过更克制一点）。为了寻求平静我抬起眼睛看布满小天使的穹顶没什么恐怖的但是把目光落下来紧接着就又面对那个从加利西亚女佣升任女歌者的已经开始吟唱一首敬拜主的圣诞谣。节目单上的标题都用西班牙语写成但是完全看不懂。一只手捧在胸前，全世界的痛苦写在脸上，旁边有三个冒烟的小提琴手和一个跟丢了正在拼命动着眼睛翻乐谱的竖琴师，我什么鬼都辨不出，过了好久才听清了一个词 - 垂怜 - 还是拉丁语，B说。这时候那个胖女人突然更大力地站起来靠在扇子上穿过大厅，目眩神迷，像是去响应一个紧急需求像是有人拉响了警报。

马德里

声音自虚无汇流于你。天使街的一家酒馆，颂扬与抒情，眼睛闪耀在我的脸上，已经不是蓝色，已经不是绿色：魔幻的红宝石，是的。词语自虚无汇流于我的舌头。我讲出来。讲什么？我给她讲。我在给她讲我自己 - 半是图像、计算和词语 - 为了让她说愿意，为了让她爱我。为了让她爱我，词语自虚无汇流于我（从一个著名语义学家的舌头迁居到我的舌头，一个语文学家吊死在我的喉咙里，一个语言学家的灵魂在我的记忆里潜泳）。兴奋地说着。兴奋地撒谎。不断提到谎言。用我的嘴唇不断赞扬好让她的“不”溶解在我的唾液。她的目光用瞳仁描绘我：我在那里看见自己，慷慨的捐献人，我在那里看见自己的眼睛试图看出最小的一点表情证明爱的诞生，她脸上的太阳只为我这个创造了太阳的人发光。在那里我看见自己的眼睛望着她从灰尘里走出的脸，活过来，抬起眼睛，开始走路，我的声音魔幻的滤镜唤醒一具尸体，点亮一个性别。让她感觉到我的召唤，我们去我的房间她的性别死了千次。我们一起埋进夜里或者一起从夜里走出（哦无尽的无法记叙的姿势）。声音自虚无汇流于我的舌头。那个晚上我说着话直到造出火焰。

> “那么这些力量的意义是什么？
>
> 半是图像、计算和词语。”
>
> ……
>
> “万物自虚无汇流于你。”
>
> ——*戈特弗里德·贝恩*[1]

[1] 德国表现主义诗人，曾获毕希纳奖。

死人和雨

“从前有个男人住在一片墓地旁边。”

——*莎士比亚*

从前有个男人住在一片墓地旁边，没人问他为什么。为什么有人要问这个呢？我不住在墓地旁边，也没人问我为什么。是与非之间长眠着某样腐败或病态的东西。如果一个人住在一片墓地旁边没人问他为什么，如果一个人住得离墓地很远也没人问为什么。要我说，从一个人住的地方开始，一切都是意外。对我而言别人说什么都不重要，因为当他们以为对我说了什么的时候，其实什么都没说。我只听见我自己绝望的喧嚣，只有弥撒歌声从我不正当的童年圣墓里传出。谎言。此刻我听见洛特 · 兰尼亚唱起《三文钱的歌剧》[1]。当然我说的是一张唱片，但是我依旧惊悚地发现，从我上一次听到今天，三年时间，洛特 · 兰尼亚一点没变，而对我而言，几乎所有（如果所有是确切的）都变了。我懂得了

[1] 布莱希特编剧的德国荒诞音乐剧。

死亡，也懂得了雨。所以，也许，仅仅因为这，没有任何其他原因，仅仅因为坟墓上的雨，仅仅因为雨和死人，才会有个男人住在一片墓地旁边。运气不好，又没耐心，反正生命是研习沉默音乐剧的过程。只是，当雨落在墓地上，有什么动了动，露了出来。我用我的眼睛看见过那些黑色小人唱着流浪者的悲歌，迷失的诗人。长袍被雨浇湿，还有无用的眼泪，我太过年轻的父亲，有着希腊单身汉的手和脚，我的父亲一定在第一夜感觉到恐惧，在这个残烈的地方。人群和黑色小人迅速让墓地人迹灭绝。一个衣衫褴褛的男人呆在我旁边像是万一我需要帮助他要援救我。也许他是那个以“从前有个男人住在一片墓地旁边”开头的故事主人公的邻居。噢，唱片变了，暴露出洛特·兰尼亚老了。那片怪异的犹太墓地里所有的死人都沉醉在肮脏而陌生的雨水里。我只能从雨水打在坟墓上的回响中知道一点我害怕知道的东西。蓝色的眼睛，镶嵌在那片犹太墓地空石碑新鲜泥土上的眼睛。要是墓地旁边能有一间小空房子，要是那间房子能是我的。那我会占据它，像一艘船，透过望远镜看着大雨中我父亲的坟墓，因为只有在雨中才能与死人交流，死人回还，有的活人讲起灵魂、幽灵和显灵的故事。而我突然想在冬天靠近那些离开我的人，仿佛大雨让一切变得可能。确实把什么或者谁叫上帝都不重要，不过我在塔木德里读到的这句话也是确实：“上帝有三把钥匙：一把管下雨，一把管出生，一把管死人复活。”

戏剧

丁香丛中的疯人

人物 | 塞姬斯蒙达

卡尔洛

马乔

富特莉娜

一间房间，儿童家具颜色鲜亮。光线如一种痛苦，如灰烬。但是，有时候，也像一本童书里的一次聚会。背景墙上挂满大大小小的镜子，有两扇绿色的心形窗户。

右边，舞台前部，一扇玫瑰色的门。门边的墙上，一幅画背着身像公园里小便的男人。左边的舞台前部两个小小的抽水马桶式棺材，挨得很近，一个是白底绿条纹，一个是红底缀着小酒椰花。舞台中央，塞姬斯蒙达坐在一架美妙的三轮车上，盖着矮人们织成的小鸭子颜色的毯子，毯子上代表着伴侣像玩具一样实践共同的行为。卡尔洛在她旁边一动不动，看着她闭眼嚼口香糖。

突然，卡尔洛去拉窗帘。他走路摇摇晃晃的，头扭向后面，仿佛假扮成古时的贵妇。他拉开右边窗户的窗帘，上面的设计是蒙娜丽莎那张伤风感冒微笑过度的脸，让人能看到她只有一颗牙。他拉开左边窗户的窗帘，上面印着一幅莫德里安的画，中间，是戈雅发明的给嘴唇用的贞操带的画。

他又重新停在塞姬斯蒙达旁边，把她的毯子拿掉，摘掉拜伦或者乔治·桑风格的灰色斗篷，把它们都叠起来放进抽水马桶式棺材里，原来那是他们的衣柜。然后，他又重新守候在塞姬斯蒙达权威的三轮车旁边。

塞姬斯蒙达穿着红色天鹅绒的裤子，活脱脱是济慈的样式，丁香色的上衣和雪莱同款，火热的橙色腰带是马雅可夫斯基的式样，天蓝色鹿皮靴，玫瑰色的皮衬里，兰波的式样。她的脖子上挂着一个微缩版的金色阴茎，这是一只珍稀石头造的哨子。她整个人都令人想起秋天。

随着作品的展开推移，左边底部的角落里，一个修女和一个小丑会一直在清理一台旧三轮车。对面的角落里，会有一个儿童假人。这个人物有一张天蓝色的脸，眉毛，金色的嘴唇。它旁边会有一匹金色的纸板小马，用羽毛装饰得很华丽，上面盖着奢侈的马具。

塞姬斯蒙达：（从上衣口袋拿出一支烟，小心翼翼地点上）我坐在窗边抽烟。确实，我从很久以前就已经放弃做一个人了。可是，我还活着。为什么？我不知道。事实就是这样，我承受它。难道我没有寻找那些信号直到筋疲力尽？没有一直看，看到几乎瞎了？我怎么了？安提戈涅，不就是我？安妮·弗兰克，难道不也是我？

（对卡尔洛）我要去躺下了。

卡尔洛：我刚帮你起来。把你放到你的情色组装三轮车上。

塞姬：那又怎样？

卡尔：我不能每隔五分钟就帮你起床和躺下一次。

塞姬：整个西方世界都嫉妒我的情色组装三轮车。

卡尔：我就不嫉妒。

塞姬：我睡觉的时候，你就不想骑着它在街上转一圈？

卡尔：我…… 不想。

塞姬：那是因为你是个处男，你害怕。

卡尔：话不要说得这么重。

塞姬：你不要慌，没人会知道你是个处男。听说一直保持贞操会疼，是这样吗？可是，你为什么一脸落叶凋零的表情？

卡尔：我梦见你和我"距离再见一步之遥"。

塞姬：会成真吗？

卡尔：既然探戈里这么说。

塞姬：那么？

卡尔：我会去另一个地方，任何地方。我会找到另一个城市，另一条街，另一座房子。

（停顿）

塞姬：卡尔？

卡尔：在。

塞姬：这样灼烧的热切，你不厌烦吗？

卡尔：我烦透了。（低声哼唱）

“我的夜晚，你的夜晚。

我的哀哭，你的哀哭。

我的地狱，你的地狱。”

塞姬： 美妙的探戈。像其他探戈一样骗人。

卡尔： 那为何美妙？

塞姬： 因为它杀死太阳建立黑夜的王国。可是没有太阳能杀死我的夜晚。你看上去要离开了。

卡尔： 我想离开。我试图离开。

塞姬： 你不爱我了。

卡尔： 跟这个无关。

塞姬： 你以前爱我。

卡尔： 我会记住你传奇般的苍白，你对郊区的厌恶……

塞姬： 你的生活多容易。

卡尔： 你管这叫生活？

塞姬： 我呢，心脏忘了节拍，肺叶撕裂，我尝试独自寻找，一个人，在孤独里，寻找，为了画画，为了写作。

卡尔： 可是还有海，人群，车站，郊外……

塞姬： 我想画想写的不是一张脸，不是悬崖，不是房子，不是花园，而是比所有这些更多的（超过所有这些的），是那些如果我不让它被看见（变得可见），就会永远缺席的。

卡尔： 如果我是作家我会写（哼唱）*“那部多愁善感的戏剧，苍白的女邻居从来不出去看火车”*。这样的拒绝使用眼睛不打动你吗（不让你感动吗）？

塞姬： 操他妈的操他妈的操他妈的。

卡尔： 你一旦走进淫秽的洞穴深处就永远出不来了。

塞姬： 淫秽并不存在。存在的是伤口。人展现出自己身上的伤口，被寄居在他体内的一切撕开的伤口，也许，不，一定，是他自己的生命造就的伤口。

卡尔：（哼唱）*“生命是一个古老的伤口……”*

塞姬： 连探戈都在给我讲道理。可是，我要那么多理智有什么用？

卡尔：（吟诵）截断自我，没有清醒的理智我们不过是假人，不过是野兽。

塞姬： 多政治化的探戈。

卡尔： 是平左兄弟唱的。公牛头，或者也许是马与桌子和洛佩兹和普拉内斯一起。

塞姬： 洛佩兹和普拉内斯是谁？

卡尔： 作国歌的三胞胎。

塞姬： 我唯一的祖国是记忆，它没有国歌。

（停顿）

卡尔：（一边整理房间一边唱）

“一看见你这么

无聊的鞋子

曾经是棕色的

珍奇外套

帽子上的花

老去

那只狐狸为它的颜色

脸红”

塞姬： 你的潜意识怎么样？

卡尔： 不好。

塞姬： 你的超我怎么样？

卡尔： 不好。

塞姬： 但是你能唱歌。

卡尔： 是的。

塞姬： 那就唱首真正的歌。里面不要有被抑制的狐狸，听到了吗？

卡尔： 我没有别的办法。

塞姬： 就算你没法像你想的那样生活，至少努把力不要因为跟摇动着不稳定的词语的世界过多接触而堕落吧。听到了吗？

卡尔： 听到了。

塞姬： 那么，你为什么不杀了我？

卡尔： 因为（哼唱）*“我没有嫉妒没有毒没有恶……”*

（停顿）

塞姬： 你把你的三轮车怎么了？

卡尔： 我从来没有过三轮车。

塞姬： 不可能。

卡尔： 我哭过多久想要一架三轮车。那时候我爬在你脚下。你让我滚去见鬼。

马乔骑着一架哐哐作响的三轮车出现了，衣衫破烂，戴着滑雪运动员的彩色手套。

卡尔： 我要离开你了，我必须这么做。

塞姬： 好在我们住的这个房子像一个伟大的形而上之美的广场。（停顿）你走吧。我是的这个人会变得更好。（卡尔离开）

马乔： 面具！来一个煎蛋卷！

塞姬： 你这该死的！

马乔： 面具！米兰内莎烤肉！

塞姬： 没有什么比老人更危险。就想着装扮吃饭，其他什么都不想。（吹哨子。卡尔进来）帮我解决他。（指了指马乔）

马乔： 假面！卷饼！

塞姬： 给他卷饼，让他闭嘴。

卡尔： 没有卷饼了。

马乔： 我要卷饼！把烤炉扫空！

塞姬： 给他一根棒棒糖。

卡尔离开，拿着一根棒棒糖进来。他把棒棒糖放在马乔手里。马乔急切地拿起来，不确定地摸了摸，微笑着闻了闻。

马乔：（哭腔）这是硬的！我吃不了！

塞姬： 把他关到鸡窝里去！

卡尔把马乔带离舞台。

卡尔（往回走）**：** 要是变老意味着无用。

塞姬： 我觉得脸和身体的变老就应该是一把恐怖的刀割开的伤口。（停顿）你想坐到车把上来吗？

卡尔： 我不想坐下来。

塞姬：我明白了，而我不想一直站着。

卡尔：就是这样。

塞姬：人各有所长。（停顿）我感觉到渴望逃到另一个更宜居的国家，同时，我又在我的衣服下面找一把匕首。

卡尔：我们要不要来讲笑话？

塞姬：我没兴趣。（停顿）卡尔。

卡尔：在。

塞姬：可是我们年纪大了，会失去新鲜，渴望……会失去……卡尔，这不就是现实？

卡尔：所以说现实没有忘记我们。

塞姬：那你为什么说现实已经不存在了？

卡尔：还有什么比我们这个对话更可悲？

塞姬：大概它可悲是因为我们什么都没做。

卡尔：我们什么都没做可还是做砸了。

（停顿）

塞姬：你以为你想要一台三轮车没有得到你就是世上唯一痛苦的人。你觉得自己特别重要，是吧？

卡尔：非常重要。

塞姬：这样行不通。我以为批评自己可以让我娱乐。

卡尔：我要离开你了。

塞姬：你非得这么做吗？

卡尔：是的。

塞姬：做什么？

卡尔：去看看制造人偶的安吉洛屋顶平台上那一堆人偶的手。

塞姬：为什么要去看没有胳膊的手？

卡尔：我看那些小手好让我耳边的杂音熄灭（哼唱）：*“就在那儿啊，心脏，安静一点……”*

塞姬：你见什么鬼要熄灭耳边的杂音？

卡尔：你在看不起我。

塞姬：对不起。（停顿。更大声）得数完我们历史上所有肛门复合体才能听我说声对不起。你居然完全不在意。你不知道我多看不起那些对我不感兴趣的人。

卡尔：我听见了。我刚才听见了。

停顿。马乔又骑着他的破烂三轮车歪歪扭扭地进来了。手里拿着棒棒糖。他停下来听。

塞姬：你找到河马的另一只脚了吗？

卡尔：我什么都没找到。

塞姬：你仔细检查过房子了吗？

卡尔：我还是什么都没找到。

塞姬：发生了什么？

卡尔：有人捕一个看上去是鱼的东西，却是一个不停流逝的东西。有人或有什么东西不再听它呼吸的印记。什么东西流过，永不停止流动。

塞姬：可是“永不”和“永远”一样毫无意义。

卡尔：一切都恐怖地不可见。

塞姬：当然，现在你走吧。（卡尔静止不动仿佛一个正在做梦的人）

我想我跟你说了让你出去。

卡尔：我听见了。你让我出去。我从我妈生我那天开始就试图出去。（离开）

停顿。

塞姬闭上眼，像是睡着了。马乔用他的棒棒糖击打自己的三轮车。停顿。又更用力地继续击打。出现了另一台币马乔的车更晃荡散架的三轮车；富特莉娜的四肢像铁钩一样附着在三轮车上。她戴着一顶单孔目动物皮做的帽子，上面装饰着针鼹毛。

富特：你怎么了，我的爱人？你这样打是因为你什么都不想做吗？

马乔：你呢？你也不打，你在做什么？

富特：我在刮毛。（笑声）

马乔：吻我。碰我。在我身上弹一支夜曲。

富特：我们腿中间都夹着三轮车，没法做到。

马乔：不要装什么葡萄牙修女，过来，靠近点儿。

两人的头很费力地互相靠近。没能碰到。又分开了。

马乔：我的马桶丢了。

富特：什么时候？

马乔：我不知道。昨天还在。

富特：啊，昨天！昨天是一间远方的旅店里一把吉他唱的歌，是一间卧室里野蛮的地平线，房间里有吊杆和秋千可以实行某些（声音提高）这里禁止的姿势。

他们在无可救药中互相望了望。

马乔：你爱我吗？

富特：不好，谢谢。你呢？

马乔：我什么？

富特：你爱我吗？

马乔：像在考维斯顿。

富特：不要弄混我的美好记忆。

两人分得更开了些。

马乔：你渴望我吗？

富特：渴望。你呢？

马乔：我也是。不管怎样，停得很好。

富特：什么？

马乔：三轮车。

富特：你还要跟我说什么？

马乔：你想知道现在几点了吗？

富特：为了什么？

马乔：这我就不知道了。（停顿）还记得那三辆公共汽车朝我们的三轮车冲过来的时候。我们失去了胳膊和腿。塞姬给我们买了胳膊但是她不想给我们买腿。只有这几根带钩子的高跷用来踩踏板。（两人笑了）

富特：那是在圣塔·卡门·德·阿莱克。

马乔：不对。是在安东尼奥·德·阿莱克。（两人笑得没那么起劲了）你冷吗？

富特：除了这个领结以外，我快冷死了。你尿布换了吗？

马乔：我们不用尿布的。（疲倦而悲伤地）你不能稍微准确一点吗？

富特：好吧，残疾人专用抹布。有什么关系？

马乔：关系很大。

富特：我不是抱怨，但是这些用来指代同样的不幸的新词汇很冒犯人。

马乔：（展示棒棒糖）你要不要来一小口吗？

马乔：棒棒糖。我给你留了一大半，还有这根小棍子。（温柔地看着棒棒糖）你不要吗？你不舒服？

塞姬：（非常疲惫地）你们让我没法睡觉。要么闭嘴要么说话声音小点。要是我能睡上一分钟，睡上一年。要是我睡着了，在我睡着的眼睛后面我就会看见大海，迷宫，彩虹，旋律，欲望，飞翔，坠落，其他活人的梦里的空间。我就能看见，听见，他们的梦。

马乔（低声）**：**听见，看见邻人的梦。（低声笑了）

富特：她做着偷窥狂的梦。

马乔：别说这么大声！

富特（没有降低音量）**：**没有什么比别人没实现的欲望更滑稽的事了。

马乔：别这么大声！

富特：不过，虽然是最滑稽的事，刚开始几天我们像看木偶戏一样大笑。到最后一切都变得一样，这件事依旧滑稽但是我们已经不笑了。

塞姬：也许是一个绿色的人偶。

马乔： 她说什么？

富特： 说一个绿色的人偶。

马乔： 那她就是什么都没想说。我要给你讲我的一年级老师讲给我们听的话。

富特： 讲那个干嘛？

马乔： 为了逗你开心。

富特： 听起来不像是个优美的话题。

马乔： 听着。你会笑尿的。（用中立讲述者的平淡声音）“要让您的孩子从一开始就养成习惯，采用合适的姿势……”

富特大笑起来。

马乔： 你想歪了！（自己也笑起来）“……卫生保健学专家建议的合适的姿势。用这种姿势坐着的需要是由正常的屁股提出的……”

富特笑出了眼泪。

马乔：（继续用讲述者的声音）“这样，屁股就能亲如兄弟……”

塞姬： 够了！

马乔吓了一跳，不再说话。

富特： 他在给我讲……

塞姬： 你们还没讲完吗？你们什么时候讲完过？你们永远讲不完了吗？（马乔偷偷摸摸踩着踏板想离远一点。富特停在原地不动）你们能说什么？你们还能说什么？（吹哨子。卡尔进来）把这两辆三轮车扔了，顺便，把里面踩着踏板的那两个玩意儿也扔了。

卡尔走向三轮车。

马乔：想起她曾经是个孩子真让人害怕。

富特：都是丁香的错。我们就是被那些丁香花判了罪，命定如此。

卡尔把他们带离舞台。

（停顿）

卡尔（往回走着）：我把他们关到最里面了。对你来说再也没有他们的影子了。

塞姬：两个该死的家伙！祝愿他们永远死不掉！祝愿他们只能梦见独眼的马！（停顿）那个婊子刚才哼唧了一句什么？

卡尔：她说都是丁香的错。

塞姬：关我什么事？就说了这个？

卡尔：还有，她说她是被丁香花判了罪。

塞姬：日报上说萨悌会怎样？

卡尔：会死。

塞姬：不过我喜欢。我喜欢到把他的照片剪了下来。很容易注意到他把玫瑰色的灵魂投向最温柔的蓝。我想象中他一认识我就能说出完美的话。比如："水做的朋友，灰烬颜色的朋友……"

卡尔：我们换个话题？

塞姬：性别是什么！完全是心理，就是心理上的。（踩踏板）我要周游一下世界。把障碍物都给我移开。（卡尔照做）这就是生活啊（生活就是如此）。骑着三轮车漫步，然后把自己摆在世界的正中心。

卡尔（低声说）：世界中心已经不存在了。

塞姬：我需要一个更舒服的三轮车。要有书房，冰箱和浴室。这样我就能去任何地方了。比如，去个科尔多瓦。

卡尔： 为什么要去科尔多瓦？

塞姬： 为什么不去科尔多瓦？

卡尔： 又不是只有科尔多瓦。

塞姬： 也对。你是想让我说我要在科尔多瓦做什么吗？

卡尔： 什么也做不了。

塞姬： 你说的有道理。我已经受够了科尔多瓦。我到中心了吗？

卡尔： 差不多。

塞姬： 差不多，永远都是差不多。我们都吃了一棵叫“差不多”的树上的果子。我们寻找绝对却只找到东西。

卡尔（假装欢快地）**：** 你知道萨悌在遗言里留下了一系列东西吗？

塞姬： 我对萨悌们不感兴趣。而且他们不存在。

卡尔（沉默半晌）**：** 我们来玩“访客”的游戏？

塞姬（兴致寡淡地）**：** 好吧。

卡尔下场。按门铃。跑进来。

塞姬： 门铃响了。是卡斯卡亚雷斯先生吗？

卡尔： 夫人想见卡斯卡亚雷斯先生吗？

塞姬： 把他引到客厅吧。

卡尔下场。戴着假胡子回来，手里拿着一顶帽子。

卡尔： 夫人，很荣幸能向您问安。

塞姬： 日安，先生。您请入座；您请坐，您入座。您近来可好？

卡尔： 夫人，我很好。多谢挂念。您好吗？

塞姬：我近日略染风寒，不过今天很好。

卡尔：看见您康复真让我为您高兴。

塞姬：难为您想着我。已经有一段日子不曾有幸见到您了。

卡尔：我拜访过您府上几次，不过没有荣幸遇见您。应该有人把我的名片拿给您了。

塞姬：确有此事。我没能在家里接待您甚为遗憾。

卡尔：令尊大人身体可好？

塞姬：他今天微恙欠安，不能出房间。

卡尔：十分抱歉。希望不严重。

塞姬：不是大事；不过在他的年纪需要留心。

卡尔：令兄大人还是很好吧？

塞姬：哦，他身体好得像钢铁。我一直叮嘱他要注意身体。

卡尔：人都是失去了健康才知其可贵。令姐怎么样？

塞姬：她从来没有连续两天是好的。虽然她做了所有能想到的预防措施。

卡尔：过于注意保存健康的人总是最早失去健康。

塞姬：也许您说的有道理；不过一切都刚好适度总是很难。

卡尔：健康是最珍贵的财富之一，总体而言也是受到保护最差的。

塞姬：您在说谁？我的健康基金很充足，但是，每个月还是会有不适的时候。

卡尔：没人会这么说！您总是面色红润！

塞姬：这不过是句恭维话。

卡尔：恭维话都是说给配得上的人听的。

一个想象中的仆人的声音说：史密斯——科罗纳先生和太太。

塞姬（对一旁自语）：开什么玩笑！垃圾！（高声）请带他们去会客厅。

卡尔：夫人，请您允许我告辞了。

塞姬：您这么快就要走了吗？

卡尔：您要相信我从心底遗憾不能陪伴您身边更久。

塞姬：我也十分遗憾您的到访如此短暂。

卡尔：如果您能拨冗，我下次会尽力补偿。

塞姬：那样会给我的父亲带来真正的满足，他在您的社交圈子里总是心满意足。

卡尔：如果不打扰您的话……

塞姬：我父亲会很高兴见到您。

卡尔：请替我转达致敬和想念。

塞姬：我一定不会忘记。

卡尔：等我有幸见到您时再会。能向您问安师我的荣幸。

塞姬：再会。（自语）莱明顿夫妇来得真是时候。要有多少这样的访客才够捱过一整天需要的鸦片剂量啊！卡尔，这一点都不好玩，没意思。

卡尔：那我们玩“病人和医生”吧。

塞姬：我们一起自杀吧。（装作仆人的声音）夫人，医生来了。

卡尔下场，重新上场，戴着眼镜，拎一只皮箱。

卡尔：您需要我真是我的荣幸，我全心希望所有人都是如此。

塞姬：感谢您这份心。

卡尔：我向您保证我是把心捧在手上对您说这些话的。

塞姬：您让我很荣幸。

卡尔：无论如何；我从没遇见过像您这样的病人。

塞姬：医生，我都听从您。

卡尔：我走过一座座城市和乡镇，寻找值得我投入的病症。我不屑于救治普通的疾病，什么风湿、肛门瘙痒、头疼、便秘。我想要的是重要的疾病，癔症发热、性瘾症、子宫热、积水、阴茎异常勃起、针状小头症、中枢镇定剂所致婴儿畸形、半人半马怪、阿基琉斯之踵、维纳斯的小山、丘比特的农场、雅典娜的房间；总之，那些我能享受的疾病，我能凯旋而归的疾病。夫人，我希望您被所有其他医生放弃，希望您被他们宣布不治，希望您身陷痛苦，我才能向您展现出我的医术之高超。

塞姬：先生，感谢您对我的善意。

卡尔：请让我为您测脉搏。脉搏是正常的。这不正常。您的医生是哪位？

塞姬：哈诺灵泊医生。

卡尔：我不喜欢这个名字。他说您的病症在哪里？

塞姬：他说是脾脏伤风。

卡尔：所有这些医生，包括您的哈诺，都是畜生。您的病症在于肺部。

塞姬：肺部？

卡尔：是的。您都有什么感觉？

塞姬：有一次我感觉头疼。

卡尔：没错，肺部。

塞姬：有时候会头晕恶心。

卡尔：肺部。

塞姬：特别累的时候我会感觉四肢漂浮。

卡尔：肺部。

塞姬：还有几次，我隐约看见宇宙的共鸣，然后突然腹部绞痛像要拉肚子。可是我去厕所却发现便秘。

卡尔：肺部。您吃饭的时候总是有食欲吗？

塞姬：只要我不听瓦格纳。

卡尔：肺部。您喜欢喝一点法国葡萄酒吗？

塞姬：是的，医生。

卡尔：肺部。您在凌晨四点吃过饭之后会感觉一点瞌睡然后在睡眠中找到一定的乐趣吗？

塞姬：是的，医生。

卡尔：肺部，肺部，您放心吧一定是肺部。您的医生建议您吃哪些食物？

塞姬：排骨，鸡脚踝；咖啡色包装套的；鹅屁股烧四子棋骨牌；象棋马翅膀……

卡尔：太恐怖了！

塞姬：天主教女王伊莎贝尔式的公牛睾丸……

卡尔：太禽兽了！

塞姬：晚上要喝四杯用怀孕母猪奶做的热巧克力。

卡尔：您的医生就是一只粉红色的企鹅。您必须只吃蛋卷冰淇淋、小面包圈、炒玉米粉和口香糖。您怎么了？

塞姬：好像一个半文盲在猜字眼的这么。晚上有人在一个花园里发问，回答都是错的，切成两半的。

卡尔：至少您在受苦，至少您是不幸的。

塞姬：我真仰慕您恶意的甜美。

卡尔：你的讽刺并不让我难过。只要你努力说话。这对你非常有好处。

塞姬：你想让我说话？很好。（停顿）一切都像缠满头发的梳子；像耳朵里塞着海绵听人说话；像有个疯子把一个女人塞进绞肉机觉得太少了于是又往里面塞了地毯、钢琴和狗。（闭上眼睛）你往窗外看看，告诉我有什么。

卡尔（望着窗外）**：**我不敢相信。

塞姬：我没让你当信徒，只是让你告诉我有什么。

卡尔：有一个那种拍“望着小鸟照”的摄影师。他在拍一个盲人——是的，他拿着白色手杖——旁边陪着一条狗。

塞姬：前面那扇窗呢？

卡尔：还是老样子：椅子上一条灯笼裤一件背心，一个影子走来走去。是一个女打字员的影子。

塞姬：太阳呢？

卡尔：没有太阳。

塞姬：所以呢？

卡尔：是暗的。

塞姬：那些甜蜜地发着光的镜子呢？

卡尔： 镜子也是暗的。

塞姬（睁开眼睛）**：** 你到我旁边来。

卡尔站到三轮车旁边。

卡尔： 我的爱人比一座摆钟还要高。

塞姬： 别假惺惺了。

卡尔： 我的爱人很淫荡因为她会敲钟点。

塞姬： 所有人都说我会有一个绵长而灿烂的人生。可我知道我只有我自己的词语回到我身边。

卡尔： 那么多项目让你兴奋。

塞姬： 再给自己做个面具已经太迟了。

卡尔： 你说过你想颂扬寒冷，影子，和溶解；你说过你要展现所有的路怎样都通往一场黑色的液化，变成水。

塞姬： 无法平息的典礼。有人做了一个完美的手势迷惑我，让我恐惧。

卡尔： 我不懂。

塞姬： 我的词语昏暗因为我一个人。

卡尔： 也许是你自己放任一个恶性循环囚禁你。

塞姬： 你什么时候注意一下字典上怎么解释"恶性循环"。定义是这样的：打开与关上相反，关上与打开相反。

卡尔： 糟糕的是这是对的。（停顿）我记得你的歌剧有十八幕，时长三分钟。

塞姬： 舞队由坐在三十五架三轮车上的三十五个老人组成。老人们穿着天蓝色的芭蕾舞短裙和红舞鞋。歌剧名叫"衰老的情欲组合三轮车”，唯一真实的就是脚的动作。

舞台灯光渐暗消失；塞姬和卡尔也消失了。鬼魅、诗意的光。听见《天鹅湖》（或者类似的）以最快速度播放。

塞姬斯蒙达的世界末日里的三十五个老人踩着踏板闯入。突然：意想不到的寂静，然后伴随一声巨大的轰鸣，黑暗骤然降临。一只钟大声地滴滴答答；可以听见喘气声仿佛有一群人在私通或者焦虑不安。灯亮的时候，塞姬和卡尔以灭灯时同样的姿势出现在同样的位置，但是好像在那场歌剧表演期间有一枚炸弹爆炸。整个房子——“形而上的广场”——坍塌成墟。

停顿。长久的沉默。

塞姬：谁会是那对得了梅毒的鬼魂生下的私生子？

卡尔：太多了。

塞姬：这部歌剧本来也可以有某种意义，这样我们自己也能有意义……不用所有，但是有某种意义……而不是什么都没有。

卡尔：你为什么要谈论意义？你说这些太确定的事情干什么呢？

塞姬：现在连我曾经梦想过的都不剩了。也好，再也没有什么能让我幻灭。

停顿。长久的沉默。

卡尔（望着窗外）**：**打字员躺下了，她在上闹钟。

塞姬：这时候，她幻想着和代理经理在副总经理的桌上做爱，这时候总经理来了发现了她，于是和妻子离婚（她给他生了十八个孩子）和她结婚，尽管他三十五岁，而女人接近五十三岁，微笑都用塑料的牙齿和牙龈装饰。

卡尔（继续望着窗外）：她缩在床上像一只蟑螂。

塞姬：问问她把长着疥疮的手指塞在哪里？（停顿）没有人想活着。承诺是更美的。（停顿）可是那些手指。如果给她送上丁香花，到她手里的时候就变成黑色了。

卡尔：如果我们杀了她，会怎么样？

塞姬：我不需要关于可能的结局的建议。我在用声音说着，或者说，在用声音写着。我只有这个：影子的字迹作为遗产。

停顿。

塞姬（突然发作的感情）：我们去海龟群岛吧！买一条船！海水会带走我们！

卡尔（用鸟相占卜官的腔调）：死于水。

塞姬：等等。（卡尔停下来）你觉得海龟会是温顺的吗？

卡尔：我觉得不是。

塞姬：卡尔，什么都别做。或者说，做你想做的。

卡尔往门口走去。

塞姬（低声，仿佛背诵）：把手带着爱伸向另一岸。卡尔！（卡尔停下来）你怎么样？你感觉怎么样？

卡尔：我去去就回。

塞姬：卡尔，有时候，也许，我们会在真正的现实开始的地方找到庇护。与此同时，我能说我反叛到什么地步吗？卡尔，他们是所有人，我是我。卡尔，我是从凡俗的孤独里对你说话。命运的终点有霍乱，只要灰狼崽沙地和石块间靠近……然后呢，卡尔？因为它会打碎所有的门，因为它会把所有的死人抓出去生吞，这样就只剩下死人，活人都消失了。你不要害怕灰狼。我提到它只是为了证明它存在，因为证明这个动作有一种巨大的快感。只有词语本来可以救我，可是我太过活着了。不；我不想唱死亡。我的死亡 …… 灰狼 …… 远方来的女屠宰人（斗牛士）…… 这座城市里没有一个活着的灵魂吗？因为你们都是死的。如果所有人都是死的留给我们的还有什么希望？我们等待的什么时候会来？什么时候我们能停止逃离？这一切什么时候会发生？

卡尔（试着微笑，哼唱着）：*“外面是夜晚下了太多雨”*。

塞姬：外面是尸体的夜晚。花园是它们淫荡的花。在布宜诺斯艾利斯的桑塔 · 玛丽亚没有一个活着的灵魂吗？我问这个不是因为我不知道而是因为应该时常说说能警醒我们的话。卡尔，你为什么不笑？我，是我，是我在说“警醒”。卡尔，这样尽管多少不幸还能感受到爱的情况，我该感谢还是咒骂？谈论爱几乎是犯罪，可是 …… 可是 …… 可是 …… 我想看看我的新人偶。

停顿。

卡尔离开，把一个绿色人偶拎着腿拿进来。

卡尔：给你客人。

他把人偶交给塞姬，塞姬把它放在膝头。

塞姬：它真的的确是绿色的吗？

卡尔：看上去，看上去是绿色。

塞姬：什么叫看上去是绿色？它是还是不是绿色？

卡尔：我在绿和蓝之间被刺中。

塞姬（检查人偶）：你忘了性别。

卡尔： 这个人偶还没做完，不过有这个战争铜牌，镀金的刘海，这个绣着花的小枝条已经开始显露性别了。

塞姬： 你没给它戴上帽子。

卡尔： 我说了还没做完！一个受尊重的人偶在完成之前都不戴帽子。还是说婴儿们恰好都戴着巴拿马草帽？

塞姬： 它能站住吗？

卡尔： 站在哪儿？为什么？就在这儿？

塞姬： 这个人偶能站住吗？

卡尔： 我没问。

塞姬： 试着让它站住。

她把人偶交还给卡尔，卡尔把它放在地上。卡尔蹲下来试着让人偶站住，没有做到。他一松手，人偶就倒了。

塞姬： 现在怎么办？把它给我。

卡尔把人偶给塞姬。

塞姬： 它看着我，在思考。卡尔，你知道这意味着什么吗？

卡尔： 知道。

塞姬： 它现在好像在央求我带它坐着三轮车散步。

卡尔： 所有还没完工的雌性都迷死了三轮车。

塞姬： 它也像是再找我要词语给它吃下去。它渴望诗歌。我要让它就保持这样，哀求着。

卡尔站起身。

卡尔： 我走了。

塞姬： 你嫉妒路特温？

卡尔：路特温？

塞姬：这是我给我的人偶起的名字。

卡尔：我走了。

塞姬：你就是个小嫉妒鬼。

卡尔：那又怎样？

塞姬：一个感情充沛的人。像一张行军床一样好客。求助（诉诸）探戈因为不知道活着说不出自己的痛苦。（停顿）它太美了，卡尔，我的新人偶。

卡尔：我们都曾经很美，包括苏格拉底。后来我们长大了，苏格拉底连人偶都不是了。

塞姬开始慢慢踩三轮车踏板，想让路特温和这辆叫格里高利的绝妙的三轮车互相熟悉起来。她在舞台上转了一圈。卡尔看着他们，不经意地，微笑着哭了。几个穿着轻骑兵装束地乐手出现，演奏弗拉门戈歌曲，一个被日报包裹着的人开始演唱。人偶如同所有将将出生的实体一样愉悦幸福，试图表达谢意。尽管忽略了社交礼节，可以听见它小小的声音清晰地说：

路特温：谁问谁答？

塞姬：你不用费神感谢任何人任何事。

路特温微笑。

塞姬（低声说）：它睡着了。把它放到床上去睡下。

卡尔垫着脚带走了路特温。

停顿。

塞姬（戴上了一只银色的纸做的王冠）：路特温很好，我爱它，它很好。但是我和悲剧签了一份合约，跟不成比例签了一份协议。我接受了一段秘密奴役的时期，我聆听，每一天，仿佛聆听影子轰鸣的撕裂。存在的混淆，失去的眩晕，迷人的恐惧。（卡尔走进来）你怎么了？你变成了一尊泥像。

卡尔： 某些特定的三轮车会让某些特定绿色的某些特定人偶患上某种特定的腹泻。

门铃响了，打开门。进来一个中国人，背着灯笼，吃米饭的筷子，檀香木香精，凉鞋和其他“中国制造”的物件。

中国人： 我这儿有提线木偶，木头人，侏儒，还有一根让我想起逝去岁月的龙舌兰枝。（望着卡尔，闻了闻他）为什么不呢？既然萨德公爵已经预料到您发现的东西。甚至（重新对着塞姬）我还有特制吸管，可以像吃巧克力冰淇淋一样吸它，巧克力冰淇淋做得比肝脏还像肝脏。

塞姬： 我买一个提线木偶，走吧。

她扔给他一张纸币。中国人捡起来，亲吻塞姬的脚，在卡尔的脚上呕吐，然后消失了。

塞姬： 我还是不能相信一只人偶可以供应这么多屎，我尊贵的朋友，我想提议你洗个澡。

两个人物互相安静地望着对方，一片寂静。

塞姬： 你在想什么？像一尊“资产阶级小绅士”的雕像一样。

卡尔（装出浪荡子的样子）**：** 我问自己，布拉邦的热纳维耶芙爬上她城堡的塔楼等待她的丈夫的时候在想什么。

塞姬： 你为什么不想你自己？你比布拉邦的热纳维耶芙有意思多

了。

卡尔：我是认真的。

塞姬：乍一听所有人都是认真的。你最好还是去完成你以圣斯芬特斯为名的沐浴仪式吧。

卡尔下场。塞姬沉默不语仿佛一盘棋。突然，她移动到镜子前面。对着自己的太阳穴扣动假想的手枪的扳机，头一歪变成死人。她用银纸做的王冠掉在地上。响起悲伤（或者欢快的）音乐。

塞姬（眼睛闭着）**：**再见了，小伙子们，我已经死了，我无聊透了。

睁开眼睛。强光。闭上眼睛。微弱光线。反复数次。

塞姬：太阳诞生于我的目光。我闭上眼睛就是夜晚。

她陷入沉思。卡尔故作优雅地出现。穿着最欢快地衣服。

卡尔（像一个假人来来去去）**：**女士们，先生们，这个模特，名叫“在我之后，都去死吧”。塞姬，我觉得我很美丽。

塞姬：我对你对你自己身体结构的感知不感兴趣。我需要安静。

卡尔：但是你至少要承认我现在身上一切都是奢华，平静，充满“快感”。

塞姬：安静，安静正在成形！你要是不让安静完成它的进程，我就杀了你。

卡尔：再见。

塞姬：你去哪儿?

卡尔：去一个没有人把安静当做五胞胎一样点亮的地方。

停顿。

塞姬：所有曾经抛弃我的人都穿着精神病院的拘束衣或者木头做

的长外套。我记得有一个叫阿兰，尽管他是那不勒斯人。他跟我发火的时候就会解开裤子拉链，揪出一撮毛扔到我脸上。你知道他最后怎么样了吗？

卡尔：他最后住进了维埃特斯家里。

塞姬：哭着喊着找妈妈。（停顿）去跟马乔说让他过来我们谈谈。

卡尔下场，带着马乔重新出现，马乔把三轮车铃按得很响。

马乔（继续按铃，一直响）：现在驾到的是小轮子上的甘地，永恒三轮车上的孔夫子，自动交通界的修女胡安娜，机动车上的拿破仑，三个脚的阿提拉，踩踏板的本笃十二世，洛特雷阿蒙……

塞姬：说话注意点儿。不要扯上洛特雷阿蒙公爵。已这经够让我把你说的所有这些，把你，还有那个长得像瓦格纳的淫妇一起扔进垃圾焚化炉了。

马乔：瓦格纳是干嘛的？

塞姬：安静！趁你老婆在噩梦里跑到钟点房里的那些裸体男人那儿去了，我们来试着聊一聊。（停顿）剩下的。遗体。我们剩下动物和人的骨头。曾经一个男孩和一个女孩做爱的地方现在只剩下灰烬、血迹、指甲碎片、一小撮阴毛、一根曾经用于黑暗目的的折断的蜡烛、泥地里的精斑、公鸡头、一幢画在沙地上毁坏的房子、有香味的碎纸它们曾经是情书、一个亮眼人碎掉的玻璃眼球、凋谢的丁香花、枕头上割下来的头（枕头的羽毛都被拔光像白阿福花和裂开的木板中间无力的灵魂）、淤泥里的旧鞋子和裙子、生病的猫、镶嵌在手心的眼睛（那只手滑向静默）、手上戴着指环黑色泡沫喷溅洒满一面镜子照不出任何东西、一个睡着的小女孩掐死她最心爱的鸽子、黑金的碎粒轰响如同一群决斗的吉普赛人在死海岸边拉小提琴、一颗心为欺骗跳动、一朵玫瑰为背叛开放、一个小男孩面对一只哇哇叫的乌鸦哭泣（停顿），灵感戴着面具在大雨里演奏无人理解的旋律抚慰我的病症。（停顿）没人听得见我们，所以我们发出祈求，但是，看啊！那个最年轻的吉普赛人正在用他手锯状的眼睛斩首养鸽子的小女孩。我们来喝点东西吧。卡尔，三杯水。

卡尔下场，端着一个托盘回来。

塞姬：该死的，你拿的是苏打水。

卡尔：不是，这是白水。

马乔热切地打了个嗝。

塞姬：我们刚刚听到的是现场犯罪的证据。

马乔（*哭着说*）**：**我喝醉了，我除了坟墓没有别的地方可以去，塞姬，我会在天上遇见谁？

塞姬：我不知道谁在天上，也不在意。

卡尔：为你的健康干杯，塞姬。

塞姬：为我的健康。

马乔（*暗示地说*）**：**我需要苏打水才能干杯。

塞姬：没人请你喝。我不记得我要说什么了。哦，对了，生命的败坏之处在于它不是我们以为的样子却也不是恰恰相反。（*悲伤*）爱我的人是谁呢？（*卡尔和马乔热诚的表情动作*）别讨好我了。我看见一只死狗就会让我死于孤零想着我（它？）曾经得到的爱抚。狗和死亡一样，它们都热爱（想要）骨头。狗啃骨头。至于死亡，毫无疑问它的娱乐项目就是把骨头打磨成各种形态，自来水笔，小叉子，裁纸刀，勺子，烟灰缸。是的，死亡雕磨骨头正如沉默是金，词语是银。（停顿）这辆三轮车在动我却没动。（停顿）我，三轮车手，我是影子里一个形而上的女人。（用非常小的声音说）影子，它就在这里。打翻盐罐的一天。我就要找到一个孤零的小地方，适宜活着。我是乞讨休战的乞丐。这一次，影子是下午来的，不像往常的晚上来。我还没有找一个名字给它。（目光追随一个看不见的存在的行进）现在，我们在这做什么呢？没有定义的，一无所有的，白痴。我们以镇痛剂的形式精神崩溃。我们的状况如此丧葬甚至都不会有抗争。（长久的沉默。突然，塞姬微笑）马乔，你知道我有了一个新人偶吗？它生来就是绿色的，患有肛门综合症。

（如果看见一条死狗我会死于孤伶想着那些它得到的爱抚。狗和死亡一样：都热爱骨头。狗吃骨头，而死亡，毫无疑问死亡自娱自乐的方式就是把骨头加工成圆珠笔、小勺、裁纸刀、叉子、烟灰缸的样子。是的，死亡加工骨头就像静默是金制的词语是银制的。是的，生命的坏处在于它不是我们以为的那样却也不是完全相反。残骸。对我们而言剩下动物的骨头和人的骨头。那地方，一个少年曾经和一个少女做爱，有灰烬血迹小块指甲碎片阴毛一只折断的蜡烛用于暗黑的目的泥浆里的精斑公鸡头一幢画在沙地上的房子几张熏香的纸张断篇它们以前是情书一个明眼女人碎掉的玻璃眼珠球凋谢的丁香枕头上切断的头颅像白色阿福花堆里无力的灵魂裂开的木板旧鞋子泥潭里的衣服几只病猫嵌进一只手里的眼睛这只手滑向静默更多戴指环的手黑色泡沫溅在镜子上什么都照不出来一个小女孩睡着了觉掐死她最喜欢的鸽子黑色的金矿回声隆隆像居丧的吉普赛人在死海岸边拉小提琴一颗心跳动为了欺骗一朵玫瑰盛开为了背叛一个小男孩哭着面对一只凄厉嘶鸣的乌鸦，激发一切灵感的女人戴上面具在雨里弹拨无人听懂的旋律，大雨抚慰我的病。没人听见我们，所以我们发出请求，但是看啊！那个最年轻的吉普赛男人正在用他手锯状的眼睛斩首那个养鸽子的小女孩）

马乔：多可爱啊！难以置信！立体声！

塞姬：最近我跟卡尔说：要么给我讲小红帽的故事要么我就杀了你。（停顿）那个故事有一种充满背叛的绿色。

马乔：但是你说的那些关于愿望和存在的理由……

塞姬：你以为我说的是认真的吗？（警觉惊慌）影子又来了。（长久的沉默。闭上眼睛，缓慢地说）于是，现在，那时候，我离开或者到达。那是很久以前了，昨天。我还有时间做一个面具给浸没在影子里的时候吗？

马乔：为什么我们不为你和影子干杯？

卡尔（用无线电播音员的声音）**：**我憎恨鬼魂，她说，可以从她的语调里清楚地注意到只有念出这些词语以后才会懂得它们的含义。（他站起来像是要走）

塞姬：卡尔，你怎么了？

卡尔：我要走了，因为我在这儿的生活，我的生活，我不喜欢。

塞姬：瞎想！像个逻辑学老师。

马乔：我像一个买绿色蜡烛的修女一样瞎想。

塞姬：我喜欢修女，企鹅，歌剧院的魅影。于是你要离开这里。

马乔：我是开玩笑的。（大笑）我一定是得了纤维瘤。

塞姬（对马乔）：你出去。

马乔骑着他破旧不堪吱嘎作响的三轮车走了。

塞姬：演出结束了。（寻找）人偶走了。

卡尔：那不是个真人，它没法走。

塞姬：它不在这儿了。

卡尔离开，带着路特温回来。

塞姬：把它给我。（卡尔给她。塞姬把它抱住）谜一样的小东西，你这么小，你是谁？

路特温：我没有这么小，是你们太大了。

塞姬：可是，你是谁？

路特温：我是一个我，这个，虽然看上去很少，对一个人偶来说已经足足够了。

塞姬：你不觉得路特温又可爱又阴森吗？

路特温（悔恨状）：是我撕了你的书用来折尖帽子、小船、海盗帽……（中断）

卡尔：录音带走完了。

塞姬：换个更长的。

卡尔：我不能。我需要安静。

塞姬： 你在想什么？

卡尔： 我要整理这儿的一切。（双手捧头）有五个小乞丐在我精神的围栏里跳跃，他们在寻找缺口、巢穴、任何可以打破或抢夺的东西。我想要秩序。

塞姬： 秩序！那是什么谎话？

卡尔： 就算是谎话，我也渴望拥有秩序。对我来说，那是诺瓦利斯的蓝花，是卡夫卡的城堡。

塞姬： 要我说那是你的厄运缪斯。

卡尔： 我知道这很蠢，但是这是我唯一真正想要的东西。一个属于我的空间，哑口的，盲眼的，一动不动的，里面每一样东西都在自己的位置上，每一样东西都有自己的位置。没有声音，没有杂音，没有旋律，没有溺水者的尖叫。

塞姬： 这就是你全部想要的？

卡尔： 我想要一点秩序给我自己，只给我自己。

塞姬： 你没生病吧？

卡尔： 你在亵渎我的梦。秩序是我唯一的欲望，所以它是不可能的。那么，我不觉得我渴望不可能的东西打扰到了任何人。

他走向门边。

塞姬： 你为什么要走？

卡尔： 但凡这个房子里有一件事情因为我的在场而变好。但是没有。我在这儿有什么用？

塞姬： 为了和我说话。有我们的对话我的书才能继续写下去。

卡尔： 哪本书？

塞姬： 什么书？

卡尔： 你在写的那本。

塞姬： 我指的是我的戏剧作品。

卡尔： 一部戏剧！

塞姬： 你不要一副没行李的旅客样子。不要现在告诉我我忘了跟你讲这部作品。

卡尔： 你讲没讲过有什么关系？我希望你已经写了很多。

塞姬： 很多，没有。没有很多。有时候太阳涌上我的头，我写作就仿佛从字母a开始追悔生命。另外一些时候，比如今天，我是一根逐渐分崩离析的针。无论如何，我的确写了一点，我甚至可以说我写了不止一点。

卡尔： 不止一点！多少！

塞姬： 不要夸张，没有那么多。

卡尔： 不要夸张？但是你跟我说……

塞姬： 你屁股上有纹身。

卡尔： 谁？

塞姬： 什么？

卡尔： 主人公。

塞姬： 你要是非要这么叫的话。他的纹身是两个眼睛，一个鼻子，以及自然而然，一张心形的小嘴。甚至有一顶帽子。总之，整个屁股上纹了一个二十年代的典型美女。除了有纹身，他还总是有理。

卡尔： 他是个亮眼人吗？

塞姬： 不，他是一个叛徒。

卡尔： 多感人啊！他背叛了谁？

塞姬： 背叛了他自己。他假装守护自己，远程保护自己，其实他在埋伏，在监视，他寻找裂缝，等待脆弱的姿势，最后占领了自己荒芜的土地，然后……

卡尔： 然后怎样？

塞姬： 他驱逐了他自己。消灭了自己，哪怕是把自己扔进抽水马桶。

卡尔： 他每天白天都做什么？

塞姬： 望着黑暗。

卡尔： 晚上呢？

塞姬： 用左手举着一本色情小说看。右手手工操作星期天。

卡尔： 为什么要叫星期天？

塞姬： 为什么不能叫星期天？

卡尔： 还有别的名字。看看日历就知道了。

传来临终前的潮状呼吸声，紧接着一声绵长的呻吟，然后一声动物般的嚎叫。

塞姬： 去看看那些破玩意儿在干什么。

卡尔出去了。脸上带着面具回来了。

卡尔： 那个婊子爆炸了。

塞姬： 马乔呢？

卡尔： 在哭。

塞姬： 那就是说他想接着活下去。把骑士字典给我。（卡尔出去拿了字典回来）我想知道关于窗户它是怎么说的。（翻字典）建筑的墙面上打开的缺口为了让光、空气等等进来。等等里藏着什么东西或者人？无所谓了，“为了让光进来”这句话我听起来已经是人身攻击了。我觉得查一下“河马”比“窗户”更好。（翻字典）我们来看看：“俗称海生马的两栖厚皮动物，生活在大江大河里，嘶鸣如马”。不过最好的是那些跟着可怜的“河马”后面的词条：hipoquerida，hipostibito，hipotoxoto，hirsucia，hirticando，hirtipedo，hisopifoliado，hispiditez ……hispiditez[1]，听起来像西班牙人和“piditas”之间愚蠢的告别。

卡尔：“piditas”是什么人？

塞姬：我怎么知道，我刚造的词。

卡尔：我不理解你怎么从窗户过渡到河马去了？

塞姬：基于一个建立在秘密法规上的选集。

卡尔：窗户的定义让你困扰，是吧？

塞姬（望着天空）：我憎恨云，当它们组合成各种美丽的形态。感受到光照在我脸上是多么奇怪（珍稀）。我喜欢，但是这会像一个过于明显的印刷错误，我和光结为同盟。（停顿）太阳像一个过于金黄的巨大动物。（停顿）没人帮助我是一种幸运。在一个人需要帮助的时候，没有什么比接受帮助更危险。你怎么了？

卡尔：我冷，我的错。

塞姬：去把马乔找来。

---

[1] 根据“河马”一词的拼写造出来的可能在字典上跟在“河马”后面的词。

卡尔出去又回来。

卡尔：他不想来。

塞姬：他做了什么吗？

卡尔：他用左手开自己的三轮车，右手拖着富特莉娜的三轮车。

塞姬：他是想这样让富特莉娜复活吗？

卡尔：每个人都以自己可以的方式复活。

停顿。

塞姬：把路特温给我拿来。（卡尔往门边走去）算了，不值得。

卡尔：你不想要我把它拿来了？

塞姬：不用了。

卡尔：那我走了。

塞姬（发呆）**：**当然。

卡尔（走到一扇窗前；凝神静望；哼唱）**：***“想起我儿时多少雄心……”*

塞姬（发呆）（卡尔离开。停顿）**：**声音，杂音，影子，溺水者的歌声：我不知道它们是信号还是折磨。有人在花园里吞噬了时间的脚步（或者，反之亦然）。还有抛弃给沉默的那些秋天的生灵。[声音，杂音，影子，窒息者的歌声：我不知道它们是信号还是一种折磨（酷刑）。有人在花园里吞噬（吞没）时间的脚步。秋天的生灵纷纷交付静默。]“我注定要用本质的名字为万物命名。我已不存在，我知道；我不知道的是取代我活着的是什么。我如果说话就失去理智，我如果沉默就失去岁月。一阵狂风夷平所有。我没能替所有忘记唱歌的那些说话……”

吹哨子。卡尔进来，停在三轮车边。

塞姬： 你不是不在了吗？你不是已经宣布你走了吗？

卡尔： 我们为什么要说话既然已经没有沉默可以打破？

塞姬： 文学少年，没有了我，在这长着老虎牙齿的生命里你要怎么办？

卡尔： 在这里不活不做梦。也不爱。

塞姬： 在我旁边生活也是一种死亡，但是离开我意味着死。你难道不明白你是谁？

卡尔： 这是个幼稚的问题。我是我，我不是你。

塞姬： 谁向你保证你不是我的诸多“我”中某一个的影子？

卡尔在房间里转圈。他走路的姿势，或者什么其他，给人一种机器人或者人偶的感觉；而不像一个仆人。下雨的声音。

卡尔（哼唱）**：**“…… *同样的爱，同样的雨* ……”

塞姬： 头没有用，胳膊和脚都没有用，性器没有用，眼睛没有用。（停顿）像一个疯女人吃了一把梳子然后怀孕了，像一只猴子用我的娃娃的麻絮卡住喉咙，带着一颗锡铁做的心表达爱意。既然我已经失去所有，又怎样呢？（停顿）你在干什么？

卡尔： 我在走来走去。

卡尔走进一扇窗户，望出去。

卡尔（哼唱）**：**“…… *她心中没有任何人唱任何歌* ……”

塞姬： 卡尔！

卡尔（哼唱）**：**“…… *她心中没有任何人唱任何歌* ……”

塞姬： 这里没什么可唱的。

卡尔：“…… 她心中没有任何人唱任何歌 ……”

塞姬（甜美地说）**：**卡尔，不要在这里唱歌。

卡尔：现在连唱歌的权利都没有了？

塞姬：没有。

卡尔：你知道这一切会怎样结束吗？

塞姬：从未开始的东西如何结束？

卡尔：我只是想唱歌。

塞姬：远处的花开了。我想让你从窗户里看出去告诉我你看见的，未完成的动作，幻想中的物件，落败的形态 …… 走到窗户边去，就像你从小就为之做好准备了那样。

卡尔：一间咖啡馆摆满空椅子，过分明亮，夜晚仿佛缺席，天空像用衰败的材料制成，走过一个我从没见过的人，我再也不会见到他 ……

塞姬：我对目光的天赋做了什么？

卡尔：一盏过于强烈的灯，一扇开着的门，有人在阴影里抽烟，一棵树的树干和枝叶，一只爬行的小狗，一对恋人在雨中漫步，一本日记躺在水沟里，一个小男孩吹着口哨 ……（突然，用报复的语调）一个表演平衡术的侏儒女孩肩膀背上一袋骨头，闭着眼睛在金属线上前行。

塞姬：不！

卡尔：她光着身子但是戴了帽子，全身都是毛发，她是灰色的，所以加上红色的头发，像一个疯人剧院舞台布景里的烟囱。一个掉了牙的男矮人嚼着扁豆籽追逼她 ……（停顿。用疲倦的语调）

一个女人尖叫，一个小男孩哭泣。窸窸窣窣的侧脸从它们的洞穴里向外窥探。过去一个路人。门关上了。

(—— 远处的花开了。我想让你从窗口望出去告诉我你看见的，未完成的表情，幻想中的物品，失败的形态 …… 仿佛你从童年开始就准备好了，靠近那扇窗户。

—— 一间咖啡店堆满空椅子，亮着灯直到病痛加剧（发怒），夜晚是缺席的形态，天空像一块损毁的材料，一扇窗前几滴水，有人走过去，我从没见过也再不会见到 ……

—— 我对目光的天赋做了什么？

—— 一盏过于紧密的灯，一扇敞开的门，有人在阴影里抽烟，一棵树的树干和繁密枝叶，一条匍匐的狗，一对爱侣在雨中慢慢散步，一本日记本躺在水沟里，一个小男孩吹着口哨 ……）

停顿。

塞姬：发生了什么？

卡尔：什么？

塞姬：什么都没发生。发生的就是这个。关上窗吧。

卡尔关上窗。

塞姬：真奇怪说了这么多还是没有抵达问题的底部

卡尔：我厌倦我们的对话了。

塞姬：这对话并不是我们的（吟诵）：我是静默，是思想，语言和回声。我是桅杆，艉舵，舵桨，船，也是船撞上破裂的礁石。

卡尔：我累了。

塞姬：我想要路特温。

卡尔：我不想。

塞姬：把它拿来。

卡尔去找来路特温，把它狠狠撞在墙上，粗鲁地扔给塞姬。

卡尔：给你你的替身。

塞姬：你打你的替身！

塞姬：我全然无害的小娃娃。（抚摸它）让人觉得它也不想着睡觉。

卡尔：不要开始游戏。

塞姬：我看出来已经晚了。

卡尔：没关系，也不晚。

停顿。门铃响。

塞姬：一定是某个人。

卡尔：某个人！

塞姬：没关系，杀了他。我命令你杀了他。（卡尔快步走向门）笨蛋！好像值得这么做一样！

卡尔突然停下来。打开一扇窗，假装往外看。

卡尔：我把我的行李箱存在车站了。

塞姬：你的心脏颤抖了一下吗？

卡尔（发出一声听不清的咒骂）**：**要是外面所有这些东西能终于一次性全部进来让这个房子复活。（走向门边）发生了。没有出口。

塞姬：说几句告别的话吧，就像在戏剧里那样。

卡尔：我什么都不想说。我要说什么呢？

塞姬：你的目光里有太多告别，卡尔，几个精心选择的词。

卡尔：你难道会记住？

塞姬：是的。我在最盛大的静默里会有一个巨大的空间。

传来一声粗暴的呻吟；那是马乔最后的潮状呼吸声。

卡尔：我在影子里活过。我从影子的怀抱里出走。我离开是因为那些影子在等我。塞姬，我不想说话：我想活着。

剧终

——1969年7月至8月

日记

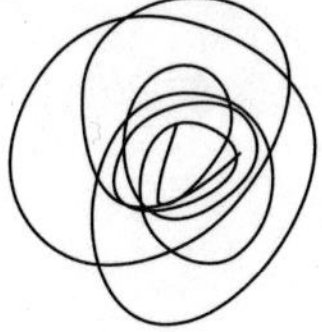

[1954年]

她感到一种想要点燃整座城市的渴望，只是为了那种愉悦：对着一簇巨大的火焰朗诵一首巴列霍诗歌，在燃烧的房子和窒息的人群中间说这就是你们以为的永恒。

最后几行诗句粘在她的嘴唇，害怕去外面，去世界漠不关心的空气。

假如恰好在昨天 …… 收紧她的目光做一个可悲的遗忘表情。

在夜晚的梦中，艰难地呼吸环绕她的烟草味的空气。击败自己的病症，许诺它去想一个远方的国家，去想月亮，想她爱的那些人的幻梦，那些像她自己一样不存在的不真实的人。我是一段固化的烟雾。我是被人忘在奥利匹斯山的残余。因为不被看见，仿佛属于整个宇宙。一个绿色的球体装满玫瑰色的梦境，但是她的身体不想知道自己并无实体。

她一直画着，给那些从她灵魂中走过的面孔以形态。

她张开嘴唇，记起自己已有两天没有发出一个单词。非常努力而失望地说："这就是终结了。"

我走进一家陌生的书店。充满好奇而激动地走向堆积的书架。想找到"一点新的东西"的期待被一个雇员的声音颤动，问我在找什么书。我不知道说什么。最后我想起了一本。没有。我本想继续张望，可是感觉到背后有那道商人的目光的重量，紧逼而不满这个"不知道"想要什么的人。总是这样！

星期一。梦境神秘地降临我的身体，身体温柔地接受它。那里，在疲惫与厌恶之间、恐惧与不朽的渴望之间，我对自己说：我必须写或者死。

我必须填满许多本子或者死。八点半。我的身体不想起来，只想继续睡下去。我睁开眼睛，渴望房间里的物件。我重新合上眼睛，呼出一口气。我失去了多少东西！多少感情，居所，学习！一切为了多死一点！一切为了少活一点，在我这个痛苦而不现实的现实。

你是我的鸭嘴兽。

不曾存在的最美丽的鸟。

你是一只扇子。

是从另一棵树的灵魂里长出的树。

花是大地的声音。

风是装成鬼魂的一小截氧气，模糊地吹着一支永不过时的歌。

钟是一个死于心脏病突发的老人转而复活（为了报复那些对他脉搏的声响不耐烦的人）。

永恒就是：灰蓝色的烟雾/无尽回归之感。刻在树叶上的名字/雾弥漫布景/浸没远处的孤帆/但丁，莎士比亚，歌德，巴赫，戈雅。谁教给我莎士比亚的名字？没有人。我出生的雾团里早已预先刻进这个名字。“这”就是永恒！

礼拜日。缓慢昏暗的礼拜日充满暗沉的钩爪神秘地吸引时间。

她已决定结束生命，但是一个但是沉默地打碎她的决议。她注视着笔，爱抚它。像一只毒箭，为笔染上一种渴望：写作，写作。这种渴望将死亡引上一艘永无归程的船。想把笔扔出窗外，扔进外面的世界，可恶又可怕，让它变得强壮，却知道这支笔只是象征她对驱动自己写作的小东西炽热的亲昵。

[1955年]

我是一个问号被眼睛和火焰围绕。

我喜欢我的物质条件这样匮乏，买不起书就必须写书。

有奇妙的巧合：我刚读到“照亮”同时太阳点亮我的桌子。生活！

四十天令人窒息的孤独，挚爱的面孔唯一却已离开。要很努力。你要和这本本子一起努力。也许还有什么可以拯救。什么？你的灵魂，阿莱杭德娜，你的灵魂。

四十天计划：

（1）开始写小说

（2）读完普鲁斯特剩下的书

（3）读海德格尔

（4）不饮酒

（5）不做任何暴力行为

（6）学习语法和法语

还有哪里的诗比爱人脸上更多？

（关于读普鲁斯特）我的痛苦并不来自于这些文字接触，而是它们让我觉得熟悉，看着它们觉得像是自己经历过的。

让我焦虑的是遗忘，是时间。每一个现在的努力都会变成未来的回忆。

我意识到我的某些方面：我不喜欢娱乐。

或者也许我不喜欢通常被人们称为娱乐的东西。我是一个悲伤的人错误地穿成健康乐观的样子。我是一个苦涩的人享受任何能让人忘记苦涩的琐碎事务。如果不是因为我的伪装（希望很快能烧掉这种伪装），我有严格意义上让大部分男人女人不愉快的所需条件。

爱的无能让我多少认识了更全面的自己，一个坚强高产的个体；我的艺术脾性成长可观。也许我能写出一部伟大的作品；也许我的笔能发掘未知的地界；也许我的飞鸟会是绚烂的，也许我的名字会有自己的光环，也许我的死亡将是我的出生。但是……有一天你必须快乐吗？你的灵魂里必须感受到完全的爱真实的倒映吗？必须有人爱你一次吗？不！不！一千遍不！

我渴望光明。我怕我再也找不到它。

当我阅读普鲁斯特，注意他的形式与背景，我相信自己有能力写一本像他那样的书；但是，我没法获得一个像《你好，忧愁》或者《吉吉》这样的故事。是我的灵魂深度吗？还是我缺少客观性或者缺少简单？

我不沿着对所有女人而言最自然简单的路来走：生儿育女！那样就会比沮丧更糟。那会变成一个被扔去给其他人繁衍后代的人！只能占据一个不被重视的位置！我的生命就会是一场徒劳。

唯一能同时到来的是死亡。我更倾向于选择学习和创作。但是我愉快地接受白天的时间充满书籍和美，但是晚上！冬天寒冷的晚上！那些夜晚我绝望地把头埋在枕头里呼气想把枕头变成一张人脸。我的身体没有任何怀抱可以欺压！我的嘴唇亲吻着空荡！怎么给我热切的身体渴望的东西？我不想要情人（学习的时间会被打乱）。真应该给女艺术家专门特设一种妓院！但是没有……而且看到一个成年女人因为夜的贫瘠融入另一个身体这景象多么可悲！这就是等待我的。这个图景摧毁一切神圣的沉醉。

没有这个笔记本怎么活？完全无法想象。

阿尔杜罗碰碰我的眼睛说：阿莱杭德娜！我要挖出一只眼睛，在洞里放进一首诗！

看着钟的指针前进令人不安。它们像是在说：已经没时间做任何事了！

[1958年]

现在你已经知道了，你可以发疯或者死去。但是你也可以写诗，不是因为你觉得可以用它们拯救你自己，而是为了拯救它们，空气的囚徒，你的空气的囚徒。或者哪怕仅仅是为了不要被人说你免费在生命里游历。阿莱杭德娜小姐，你的贡金呢？一首诗，先生，一首美丽的像太阳的微笑的诗，那个并不为我照耀的太阳。

我会尝试重建我自己。在多少痛苦之上。在多少对死的渴望、在对不再因这份爱的重量受苦的渴望之上，我必须重建我自己。以谦卑和静默。

我不要活着，我只要对两样东西执迷的兴趣：书与我的诗歌。

我从血液里感受到我不想见任何人，不想和任何人交谈，除了学着对文学执迷地感兴趣之外，一切对我都不重要。

我是盲的，是聋的，仿佛血管里塞满棉花，仿佛吞下了雪。

我不知道是什么，但是情绪消失了，想要出逃的愿望，逾越我。

多么容易的事：沉默，平静地客观地同我不真的感兴趣的人在一起，他们的爱或友谊我不渴望。于是我是平静的，小心的，是我自己完美的主人。但是当我和那少得可怜的几个我感兴趣的人在一起的时候……荒谬的问题出现了：我是痉挛，是喊叫，是嚎叫的血。这就是我与任何人通过深刻和睦的交流保持友谊的绝对不可能性。

我谈论的不是绝对的死亡，我谈论的是在过去之水域中日常缓慢的溺亡。

休战或一季快乐，是“存在”这个事实给我们的馈赠。整个生命如同焦虑的交响奔流向死亡。我不否认所有这些都让我心情很好，仿佛在读一部绝妙的喜剧。

为了我的意义，一场精神分析学院的测试。为了我神圣的渴，一件新衣服，进口香烟，和孤儿院里的波西米亚气息。这里唯一的问题是：在我的欲望和我的现实之间，一架无可挽救的桥。于是，这空无。

唯一重要的是完善我自己。第一步：避免具有欺骗性的过于庞杂的职业。如果要发展我所有的偏好，我必须活好几百年。我觉得最深刻最珍贵的是写作的需要。那么要做的就是投入我全部的努力。

什么时候接受成年？如何逾越，如果我始终无可救药地渴望做一个非常小的小女孩，没有思想，没有动作，一个总是哭泣要求被爱的小女孩？一只手，两片嘴唇，一次抚摸…… 全是最轻柔的，泛着泡沫，长着翅膀。这是我唯一感兴趣的。

我思考过发疯的可能。等我不再写作的时候，发疯就会发生。当文学不再令我感兴趣的时候。无论如何，发疯与否，死亡与否，我无所谓。世界可怖，我的生命，此时此刻，没有任何意义。（然而，我相信没有人比我更爱生命。只是在我的梦境与我的动作之间跨越一架无可救药的桥。所以我必须在生命背后失血，像一只生病的动物。）

谁把生命变成了一杯触及不到的水？我要抛弃所爱的物件。我要放弃痴迷。我需要世界上所有的勇气。（多年来，第一次，我提到这个词：“勇气”。）

不可能的爱如我想象的那样不可能。

绝对的不可能。当天空降至打底，当老虎背诵威廉·布莱克，当二加二等于五，当人是快乐的，这份不可能的爱依旧坚持于不可能中。我该信赖于死后的相遇吗？我们的灵魂永恒的约会。哪怕我相信，他的灵魂也不想和我的相遇，而是和别的被选中的女人。那么好吧，我会忘了他。我想自由，哪怕我会发疯，哪怕我比任何人更受苦，至少我将是自由的。我宁愿要干涸的、贫瘠的自由，也不要这缺乏意义、与现实不相容的仰慕。一个人不想爱的时候就不要爱。而我不想这样爱了。

事实是我无法进入日常家庭的现实。我只会谈论生命，诗歌和死亡。

另外：我接受活着了。

[1964年]

我希望这本笔记本上不要出现任何诗歌意象，而只是记录每天的劳作，每天完成的那一点。

想给自己限定为一本书。或者，如果是两本，要是非常不一样的两本。一次只写一个文本，写完了再开始下一个。

我也不知道，但是我持续的废物感也只有工作这一个解决办法了。不管怎样，我宁愿尽早结束我的生命。

超现实主义绘画比世上任何东西更让我快乐。它让我快乐，让我平静。

这盛大的孤独意味着在哪边也没有根。

1964年7月21日，周二

醒来的时候，我想，不知怎的，我已经死在去年的9月28日了。这个日子代表我为了注销的诞生。

我不剩多长时间可活了。我没别的愿望，只是想少受点苦，想学会怎么无动于衷。和C.C.S.的关系很奇怪。也不是奇怪，不过是又一次的退让。我宁可他不给我写信，好让我为他的沉默痛苦。或者说：好让他知道我为他的沉默痛苦。

过去几天我一直想：我孤独一人但是我自由啊。然后我就忘了继续用这个偏见安慰自己。没有什么比退让、比接受更好的了。但是我真的一团糟。我不知道能在哪安歇。什么都有理由吓到我。如果不是惊吓，就是拒绝。什么都拒绝我。我不渴望活着，也不渴望自杀。死亡早就在我里面很多年了。现在死亡让我惊恐。以前不是的，以前我很天真。什么以前？回到布宜诺斯艾利斯以前。我最黑暗的发现是知道了自己还是会因为琐碎的原因痛苦。在巴黎的时候不是这样的。相比之下，我在巴黎的生活状态堪称绝妙。可是当时我却给那里加了那么多地狱般的定义。有意思：总是可以更糟的，只要假以时日，什么都可以变得更糟。

为什么瘫痪的人总想跳舞？首先要写走路啊。也就是说：说话。（对谁说？）但是不是的。首先是阿尔托的那句诗：首先要有活下去的渴望。

7月31日

讲具体事实的时候动词和句子结构困难。比如：我不知道怎么说小女孩沿着街道漫步。

8月3日

关于爱的文章（德尔米拉的，阿方斯娜的，塞尔努达的）——爱与等待。

痛楚的渴望，想要写点不是我也与我不相关的东西和人，渴望让自己与外面的事物联结起来，渴望着看然后描述，哪怕是扭曲的（是的，总会是这样）。今天我反复生出要写写周六晚上的冲动。为什么？O和S来了，我们喝了大醉。我顾自说话。我顾自唱歌。但是不是的。O和S的眼睛才是我本想使用的眼睛，那才是看的眼睛，它们看着我。必须从中选择：要么是B要么是娜迦，要么是包法利夫人要么是福楼拜，要么是堂吉诃德要么是塞万提斯。我说过头了。卡夫卡是他自己，而不是K。不，不是K。

8月24日

指望文学。写作让我没那么不喜欢，没那么痛。要是没有父母的声音始终存在我会写得更愉悦些。我想我的失眠是为了保护我：让我有几个小时的静默。

周日的时候我突然产生关于死亡的顿悟，但是现在已经全忘了。我感受到的全新的恐惧，需要找一个上帝，一种宗教。我想我不会自杀的。但是我挣扎于是留在这里还是去巴黎。不，我渴望的是爱上谁。

S. O.说我在紧张 —— 我在她家不停抽烟。我吓了一跳。但是她说得对。我的神经确实在最紧张的时候。而且，我一直是这样的。我不记得有过哪怕一刻的平静。我需要的是生一场病，是休憩，是隔离，是甜和静默。

8月26日

碎片。我读到的都是碎片。我写下的都是碎片。可怖的失序。

9月1日

拜托了，给我一个月的静默。一个月，一年，一个世纪。

9月8日

我想放弃诗句，至少放弃到不按韵律诞生的什么东西。也就是说，散文体的诗。

9月9日

我想着那里的船，想着我在那里的幸福，想着我在那里的平静。我想在三月去巴黎。尤其是，我想要知道我在这里的停留只是暂时的。这样的认知让我能够工作，能够保持平静。

9月11日

要是有谁这样跟我讲，我非常知道要怎么回答。比如我会说："阁下对他人的要求太多了"。所有这一切都是对孤独的惧怕。

9月29日

为什么不能无需失去生命就能改变它、改善它？但是谁说需要改变它呢？我的过错。我的悔恨。我的虚荣。

9月30日

而且，大家说我的听觉细腻得出奇。我并不知道。也许现在我能理解我对静默的怀恋了。

那么，不要再想着"成书"了，而是想想短小的文本：一首诗，一个故事，这样我就能做好准备，不总想着需要三个月或者半年去完成一本书。

10月2日

在自杀的混沌当中，在倾向自杀的喧嚣当中，我放上了罗蒂·兰雅的碟片，惊讶地发现她的声音一点没变，她的声音依旧如此平静，有一种让我想要哭泣的单纯。

在这里，要是我不给自己下毒就活不下去。二十杯茶或许能像她的眼睛。可是紧接着就是夜里的失眠。

10月15日

局限。别写，别为写作担忧。别假扮福楼拜。

10月16日

一想到我打算写的小说的节奏就感受到巨大的兴奋。总有一天我要写的小说。然而，必须一页一页、一字一字地写。

我觉得我和S完了。错在我没耐心，错在我的紧张。而且，我想要S什么呢？我期待什么呢？ S已经明白了。

问题或者说答案就是只写一样东西。

10月19日

吓到我的是我和A（阿尔托）的近似。我想说的是：我们的伤口的近似。

10月23日

我没有时间。我不想见任何人。我想工作。我想知道自己还有时间。但是这与每时每刻之间的不协调。时钟与我之间可怕的对立。很确定我已濒临疯狂或死亡。

10月26日

惊恐地醒来。我梦见了精神分裂。惊悚。

11月14日

这个杀手与受害者同在的梦。我二者都是。你要是救下受害者，就必须杀死杀手。

我不明白怎么激情仍在摇震，怎么，突然之间，我竟梦想正常（比如，甚至生一个孩子）。我此前从没见过像我这样切实可感、清晰可见的必须尽早自杀的例子。尽早，尽什么之早?

11月17日

毫无疑问是因为他（伊万 · K）不动感情、犀利、冷静。典型的知识分子。而你因为思考和设想词语的困难永远不可能成为他。所以阿尔托让你如此恐惧。

11月21日

你需要精神上的界限。我不懂你虽然如此涣散却怎么能理解哪一样是你的解药。你需要不抱指望。你需要对其他人不抱任何指望。你需要不再交易你的痛苦。你需要骄傲和孤独。你需要清洁禁欲。你需要复原秩序。比如，阅读。诗歌：限于博纳富瓦。或许，也继续读陀思妥耶夫斯基。

12月8日

我说了那么多谎。看见自己被迫说这么多谎我可怜自己。没人逼迫我。但是就是这样。

我真希望——多愚蠢的愿望——从小就是哑巴。那样人们就会原谅我不准确的词语，原谅我对静默的偏爱。

S不想从我这里要任何东西。这让我惊诧。我拥有的、我身上的任何东西她都不需要，或许除了我的声音，我讲的八卦。V也是这样。甚至都不必要是我的声音，只要是“某个人”的声音，结果是我的声音是因为我意外地凑巧地在那里，纯属偶然。

我的废墟在于必须见证我自己的坍塌。

12月18日

亚伯拉罕的沉默。但是关于这沉默，K懂什么呢？也许A什么都没想，什么都感受不到。也许他只是顺从了。他习惯了顺从，仅此而已。

但是亚伯拉罕的苦痛是既成事实。虽然也许事实上亚伯拉罕只是比起他的儿子和族群更爱上帝。也许他甚至都不用抉择。他爱上了上帝所以觉得杀掉自己的儿子也不过分。（我在谈论谁。）

找到一支合适的羽毛笔困难而艰涩。我只需要一支完美的羽毛笔。我终有一天能找到它吗？我不相信。

12月20日

问题是：我不应该有任何一天写作少于两小时。阅读少于两小时。我的问题是节奏的问题，整理的问题。先从我想说什么出发，然后再去寻找怎么说它。问题仅仅至此了。

[1965年]

1月29日

只考虑一件事情。我从没像现在这样意识到我的病症，因它分心。

2月2日

实用的事 —— 意愿、工作 —— 在外头如同威胁，在外，在内，乃至掺进我的梦里。呆在享有特权的时时刻刻那边意味着对死亡的吸引力说“是的”。而且，如果我把这些时时刻刻转变成日日夜夜，那我就把欢愉变成了一项工作，日常的劳作。

2月25日

我真正的问题其实是性的问题。我渴望解决它，如同等待抵达应许之地的人。我不知道我是否把它和爱混淆了。

V怎么了？她的沉默依旧残忍。显然，我竟爱上她的魅影，这吓到了她。她知道我精神不好，知道我需要帮助，她仅限于接受我的信件。显然，我不该再给她写信了。而且，她搅乱了我。我没法不想着她。想着的是她吗？我不知道谁在她的名字下面。她会怀疑吗？我不知道。但是我觉得我的不幸不单单是我自己的杰作。总该有人能帮帮我。V本可能做到，毕竟她的话语对我即刻见效。但是她也在受罪，她有她的苦难。就算如此，她总可以每天有几分钟、几分钟空余吧。她的沉默本该让我觉得冒犯。却没有。我只是觉得痛。

3月2日

渴望开始，从零开始，全然谦卑，全然耐心。我感觉我够不到那首诗，需要广袤的空间，无尽的解释。真希望我能有一种工作的节奏。

3月12日

就算一切都多多少少平静展开，每过两三个月我就需要一晚沉陷。

需要给预兆和梦境实体。外在的世界咄咄对立。这很明显，我却不能承认它；我爱它——以我对话的直觉之名——

[1970年]

我想看看我能不能不服用异戊巴比妥和脱氧麻黄碱也能活着。简单来说，我想看看我是不是可能活着。

恐怕问题是出在我和我所寄居的空间始终无法遇见。当然我的病兆最主要的症状是这种被压制的冲动，想要坐下来同时停滞（走动）。

没有时间做任何事，同时，又没有任何办法填满时间。卡夫卡是怎么继续写下去的？我想知道。何况，我知道他为什么不发表，跟几百页写过字的纸之间无序的关系我还是懂一点的。

望远镜——面具。我害怕戴上它们，因为都是最细脆的玻璃。但是右边眼睛像那种切成方块的钻石或者有放大作用的石头。

面具变成了人偶。小嘴像是抹了红酒的颜色，美丽。

等到把人偶漂亮的蓝鞋子脱下来的时候，鞋跟上突然出现无数根小木杆头顶着手帕。

[1971年]

我放弃了一切文学计划，所有项目。

比你以为的要迟。

献给内在黑暗的一首歌。

二月。到了我最害怕的月份。我想大量工作，哪怕什么都不为了。所有我预感会糟糕的事情最后都成真了。

没办法阅读，没办法写作。因为没法重新开始工作而焦躁。

显然，这就是结局了。我想死。我严肃认真地渴望死亡，用完整的天命渴望死亡。

瓶颈。一整晚我都试着写作或者阅读。没用的。连信都写不了。好像文学是被禁止入内的世界。当然它的确是了，很大程度上。

桂图登字:20-2021-262

图书在版编目(CIP)数据

皮扎尼克:最后的天真/(阿根廷)塞萨尔·艾拉著;汪天艾主译;李佳钟译. -- 桂林:漓江出版社, 2023.6

ISBN 978-7-5407-9374-6

Ⅰ.①皮… Ⅱ.①塞… ②汪… ③李… Ⅲ.①传记文学-阿根廷-现代 Ⅳ.①I783.55

中国国家版本馆CIP数据核字(2023)第018325号

皮扎尼克:最后的天真

PIZHANIKE : ZUIHOU DE TIANZHEN

作　　者: [阿根廷]塞萨尔·艾拉
译　　者: 汪天艾 / 李佳钟

出 版 人: 刘迪才
品牌监制: 彭毅文
选题顾问　汪天艾 / 范　晔
责任编辑: 彭毅文
助理编辑: 张心宇
书籍设计: 余　音
责任监印: 陈娅妮

出　　版: 漓江出版社有限公司
社　　址: 广西桂林市南环路22号
邮政编码: 541002
邮购热线: 0773-2582200
网　　址: www.lijiangbooks.com
微信公众号: lijiangpress

发　　行: 北京联合天畅文化传播有限公司
发行电话: 010-64258472

印　　制: 北京盛通印刷股份有限公司
开　　本: 880mm×1230mm 1/32
印　　张: 5.5
字　　数: 109千字
版　　次: 2023年6月第1版
印　　次: 2023年6月第1次印刷
书　　号: ISBN 978-7-5407-9374-6
定　　价: 48.00元

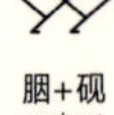

胭砚计划:

《皮扎尼克:最后的天真》,[阿根廷]塞萨尔·艾拉著,汪天艾、李佳钟译
《科塔萨尔:我们共同的国度》,[乌拉圭]克里斯蒂娜·佩里·罗西著,黄韵颐译
《少年世界史·近代》,陆大鹏著
《少年世界史·古代》,陆大鹏著
《男孩的心与身——13岁之前你要知道的事情》,[日]山形照惠著,张传宇译
《噢,孩子们——千禧一代家庭史》,王洪喆主编
《同盟的真相:美国如何秘密统治日本》,[日]矢部宏治著,沙青青译
《回放》,叶三著
《大欢喜:论语章句评唱》,李永晶著
《多情的不安》,[智利]特蕾莎·威尔姆斯·蒙特著,李佳钟译
《在大理石的沉默中》,[智利]特蕾莎·威尔姆斯·蒙特著,李佳钟译
《〈李白〉及其他诗歌》,[墨]何塞·胡安·塔布拉达著,张礼骏译
《珠唾集》,[西]拉蒙·戈麦斯·德拉·塞尔纳著,范晔译
《雪岭逐鹿:爱尔兰传奇》,邱方哲著
《青春燃烧:日本动漫与战后左翼运动》,徐靖著
《自我的幻觉术》,汪天艾著
《阿尔塔索尔》,[智利]比森特·维多夫罗著,李佳钟译
《海东五百年:朝鲜王朝(1392-1910)兴衰史》,丁晨楠著
《昭和风,平成雨:当代日本的过去与现在》,沙青青著
《送你一颗子弹》,刘瑜著
《平成史讲义》,[日]吉见俊哉编著,奚伶译
《平成史》,[日]保阪正康著,黄立俊译
《看得见的与看不见的》,[法]弗雷德里克·巴斯夏著,于海燕译
《群山自黄金》,[阿根廷]莱奥波尔多·卢贡内斯著,张礼骏译
《诗人的迟缓》,范晔著
《亲爱的老爱尔兰》,邱方哲著
《故事新编》,刘以鬯著
《国家根本与皇帝世仆——清代旗人的法律地位》,鹿智钧著
《父母等恩:〈孝慈录〉与明代母服的理念及其实践》,萧琪著
《说吧,医生1》,吕洛衿著
《说吧,医生2》,吕洛衿著
《摩登中华:从帝国到民国》,贾葭著
《一茶,猫与四季》,[日]小林一茶著,吴菲译
《暴走军国:近代日本的战争记忆》,沙青青著
《天命与剑:帝制时代的合法性焦虑》,张明扬著
《古寺巡礼》,[日]和辻哲郎著,谭仁岸译
《造物》,[日]平凡社编,何晓毅译

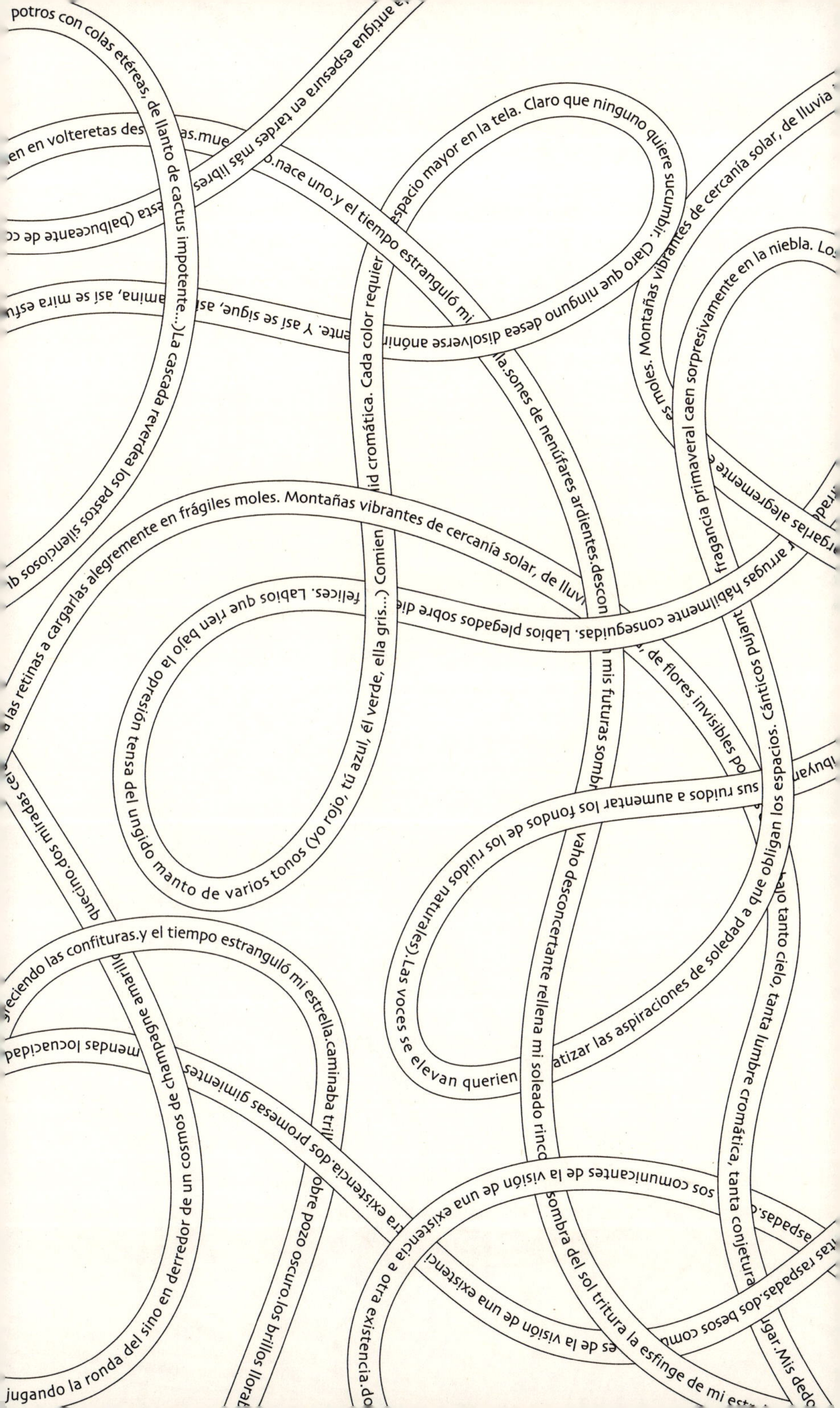

potros con colas etéreas, de llanto de cactus impotente...)La cascada reverdea los pastos silenciosos qu
antigua espesura en tardes más libres
en en volteretas des as.mue
esta (balbuceante de co
o.nace uno.y el tiempo estranguló mi lla.sones de nenúfares ardientes.descon n mis futuras sombr vaho desconcertante rellena mi soleado rinc sombra del sol tritura la esfinge de mi est
espacio mayor en la tela. Claro que ninguno quiere sucumbir. Claro que ninguno desea disolverse anónim ente. Y así se sigue, así amina, así se mira esfu
Cada color requier id cromática. Comien
es moles. Montañas vibrantes de cercanía solar, de lluvia
fragancia primaveral caen sorpresivamente en la niebla. Lo
las retinas a cargarlas alegremente en frágiles moles. Montañas vibrantes de cercanía solar, de lluvi
rgarlas alegremente e
arrugas hábilmente conseguidas. Labios plegados sobre die felices. Labios que ríen bajo la opresión tensa del ungido manto de varios tonos (yo rojo, tú azul, él verde, ella gris...) Comien
de flores invisibles po
ibuyan sus ruidos a aumentar los fondos de los ruidos naturales).Las voces se elevan querien atizar las aspiraciones de soledad a que obligan los espacios. Cánticos pujant
bajo tanto cielo, tanta lumbre cromática, tanta conjetura
queciendo.dos miradas ce
greciendo las confituras.y el tiempo estranguló mi estrella.caminaba tril obre pozo oscuro.los brillos llora
mendas locuacidad
a existencia.dos promesas gimientes
jugando la ronda del sino en derredor de un cosmos de champagne amarill
sos comunicantes de la visión de una existencia a otra existencia.do
es de la visión de una existenci
aspadas.
ntas raspadas.dos besos com lugar.Mis dedo

ercanía solar, de lluvia inaudita, de flores invisibles p
s de crear bajo tanto cielo, tanta lu
mente en la niebla. Los espacios espesan las notas. Labios cerrad
ota gima deseando la antigua espesura en tardes más
omessas se coagulan.frente
las suelas maduras en rocas distintas.Tal vez
ones de nenúfares ardient
cromática, tanta conjetura de lugar.Mis dedos teclean iguales.... (acaso contribuyan
mis verdores.y yo miraba y yo mi
y el tiempo estranguló mi e
tierra vestida de brillo.So
Labios plegados sobre dientes felices. Labios que ríen ba
soledad a que obligan los espacios. Cánticos pujant
bajo tanto cielo, tanta lumbre cromática, tanta conjetura
ea los pastos silenciosos que nutren la negra pelambre
de llanto de cactus impotente...)La cascada re
Labios cerrados por arrugas hábilmente conseguidas.
elevan queriendo matizar las aspiraciones de soleda
estranguladas.y el tiempo estran